Louis Drapeau

L'intelligence naturelle
La révolution

Les éditions Louis Drapeau

Le code de la propriété intellectuelle interdit les copies ou reproductions destinées à une utilisation collective. Toute représentation ou reproduction intégrale ou partielle faite par quelque procédé que ce soit, sans le consentement due l'auteur est illicite et constitue une contrefaçon sanctionné par la loi.

ISBN : 978-2-9815867-3-5

Dédicace

Vivre sur Atara

L'histoire de la civilisation Atarienne est empreinte de difficultés majeures que les citoyens ont maladroitement appris à surmonter. À l'époque de leur préhistoire, de nombreux conflits éclatèrent entre les nomades et les sédentaires. Dans le but de mettre un terme à ces rivalités, les nordistes ont érigé un mur qui traverse le continent d'est en ouest. Les sudistes n'avaient plus accès à leur territoire. Cette séparation a fait naître deux pays soit le Nord et le Sud. Aucune communication n'était entretenue entre leurs citoyens. La méfiance et la surveillance militaire demeuraient leur seul lien. Au fil des siècles, l'isolement des gens engendra ainsi deux cultures distinctes.

Puis un jour, l'impact d'un astéroïde provoqua la plus importante crise de tous les temps. En cette journée, la moitié des citoyens ont perdu la vie. La côte ouest s'est vue étreinte par un gigantesque tsunami détruisant du coup la récolte dans le Nord ainsi que l'industrie de production d'eau potable dans le Sud. Partout sur le continent, l'environnement s'est vu grandement perturbé.

Pendant plusieurs heures, les survivants devaient composer avec des températures inférieures au point de congélation et les nuages de poussière empêchaient la lumière du soleil d'éclairer le sol.

Dans les jours qui suivirent, la pénurie de nourriture et d'eau potable engendra une menace de guerre, car les dirigeants des deux pays y voyaient là une façon de subvenir aux besoins de leurs citoyens respectifs. Toutefois, c'est en collaborant que cette crise fut dénouée. La création d'une zone neutre fut le premier pas dans ce sens. Avec le temps, ce fragile et nouveau partenariat entre le Nord et le Sud allait s'accroître et le mélange des deux cultures provoqua une reconsidération des valeurs que chacune véhiculait.

À la longue, le véritable impact allait plutôt s'avérer être au niveau des croyances religieuses. L'apparition inattendue de ce que tous appelaient la montagne céleste constituait un événement que nul ne pouvait expliquer et qui ne concordait pas avec les croyances de l'époque. Rien ne pouvait naître dans un lieu qui se devait d'être immuable et permanent et aucun ancêtre ne devait souhaiter faire autant de mal. Pour ces raisons, plusieurs sont devenus non-croyants et même ceux qui demeuraient fidèles ont été forcés de réviser leurs idéologies.

Les athées se sont alors interrogés sur la véritable nature des phénomènes que tous pouvaient observer et ont fini par faire naître la science. À leurs yeux, absolument tout pouvait s'expliquer par des lois plutôt qu'une intervention divine. Les fidèles, quant à eux, ont également développé leur propre perception. Des différences significatives au niveau de ces deux conceptions ont ainsi vu le jour. Athées et fidèles tentaient de démontrer qu'ils avaient raison et que les autres étaient dans l'erreur. Ce fossé allait devenir un abîme et leurs oppositions ont profondément marqué l'histoire d'Atara.

Pendant de nombreuses décennies, tous s'accordaient pour affirmer que la vie était précaire. Les citoyens des deux pays se sentaient vulnérables, car si un second astéroïde devait frapper, la crise qu'ils avaient connue se répéterait. C'est la science, la technologie et la collaboration entre chacun qui allaient permettre de résoudre ce problème. Dans le but d'accroître la production de nourriture, des terres en paliers ont été sculptées dans les montagnes du Nord. De plus, dans le sud-est, des filets appelés des collecteurs ont été installés afin de recueillir la vapeur d'eau des nuages. Ainsi, même si la côte ouest devait à nouveau être détruite par un second tsunami, les réserves de nourriture et d'eau ne seraient pas totalement anéanties.

Le sentiment de vulnérabilité finit par laisser place à celui de la sécurité et ainsi leur collaboration continuait de s'accroître. Toutefois, à une certaine époque, les différends entre les fidèles et les athées ont atteint leur apogée et sont devenus trop perturbateurs. Dans les rues, nombreux étaient les attaques et les assassinats que ces deux clans commettaient et subissaient. Les dirigeants ont légiféré dans le but de contrôler la situation qui se détériorait sans cesse. Les écoles étaient dominées par les pensées athées et les enseignants ont refusé de transmettre leur savoir aux fidèles. Ceux-ci devinrent très mal perçus et même rejetés dans la société atarienne. Ils ont été obligés de vivre leur foi dans l'anonymat le plus complet. C'est dans ce contexte qu'ils ont fondé la seule société secrète de l'histoire soit l'Institut de Relation avec l'Être Suprême (IRES).

Avec l'amélioration constante de la technologie au fil des millénaires et de la facilité de vivre qu'elle apportait, les croyants devenaient de moins en moins fidèles à leurs cultes, à leurs rituels et même à leur philosophie. À une époque, une nouvelle pensée commençait à germer dans l'esprit d'un bon nombre de pratiquants. Si le Créateur devait manifester sa volonté alors, c'est dans la création qu'ils parviendraient à la connaître.

L'idée de démontrer scientifiquement l'existence de leur divinité gagnait de plus en plus la faveur des adeptes, et ce, malgré l'opposition radicale des dirigeants de l'IRES qui souhaitaient plutôt préserver ce qui leur restait comme coutumes. Certains fidèles ont bel et bien tenté de convaincre les Grands Penseurs de l'existence de l'Être Suprême toutefois, ils ont toujours connu de lamentables échecs et d'importants revers. Ceux qui ont effectué ces tentatives ont été exclus dans la société. Jamais la logique de l'IRES ne s'est avérée à la hauteur de celle du Consortium. Puis un jour, les recherches scientifiques ont permis d'acquérir une meilleure compréhension au sujet de l'émergence de l'intelligence. Fort de cette découverte majeure, tous comprirent que leurs esprits étaient dysfonctionnels et que, pour cette raison, leurs manières de voir la vie ne pouvaient pas être conformes à la réalité.

Par la suite, athées et fidèles ont grandement amélioré leurs relations. Les croyants ont été reconnus et l'IRES devint officiellement le quatrième établissement à acquérir le statut de continental. Les trois autres étant le Consortium des Grands Penseurs, la Bibliothèque des Espèces et l'Institut d'Exploration Planétaire.

Ces institutions constituaient les piliers de la véritable science. Les membres du Consortium tentaient d'élucider plusieurs mystères. C'est au travers de nombreuses expériences et observations qu'une véritable compréhension des lois et des forces de la nature purent être acquises. La physique, la chimie, la cosmologie et les particules élémentaires les fascinaient particulièrement. L'histoire des atariens conférait à ses membres le nom de Grands Penseurs.

Le rôle de l'Institut d'Exploration Planétaire dans la société Atarienne était de développer les moyens techniques. Les bâtisseurs sont responsables de l'avènement de l'informatique, des avions, des bateaux, de la production d'électricité et de sa distribution et de bon nombre d'autres machineries. Ils ont gagné le droit d'avoir leur propre bureau parce qu'ils ont été les premiers à surpasser l'autorité des Grands Penseurs.

Les membres de la Bibliothèque des Espèces concentrent plutôt leurs efforts sur les théories de l'évolution, le développement de la médecine, la psychologie, l'éthologie et la philosophie. Suite à la découverte de larges fossiles, une jeune vétérinaire obtint la permission de les étudier. Pour démontrer son bouleversant postulat, elle devait obtenir la collaboration de nombreux artistes amoureux de la nature et effectuer des observations en tous lieux sur le continent. C'est ainsi que cet établissement naquit. Ces différents aspects de la science ont profondément bouleversé les croyances des membres de l'IRES.

Toutefois, la persévérance des fidèles finit par porter fruits. Le Consortium et l'IRES se sont finalement entendus sur un projet de recherche qui pouvait démontrer ou réfuter l'existence même de l'Être Suprême. Celui-ci présupposait l'usage de deux appareils. Le premier se nomme le miroir universel. Anciennement, les cosmologues utilisaient des lunettes à lentilles pour voir les corps célestes de plus près. Cette technologie fut, de loin, surpassée par celle du télescope. Le miroir universel, quant à lui, est l'appareil qui le remplaça. Cette machine fait fi des vastes distances vides du cosmos qui dominent l'univers et ignore complètement la notion du temps qui s'écoule.

Il peut tout aussi aisément déceler un insecte à plus de cent milliards d'années-lumière que d'examiner des événements d'un lointain passé. Le second appareil se nomme la machine pensante. Autrefois, les commerçants utilisaient des bouliers pour calculer la somme de tous les achats de leurs clients. Les trop nombreuses manipulations causaient souvent des erreurs. Dans le but de simplifier ces opérations, les chercheurs ont inventé la caisse enregistreuse. Puis, celle-ci est devenue le premier ordinateur qui permettait de faire fonctionner le miroir universel. En améliorant l'électronique et la programmation, les Atariens ont fini par construire une machine dont l'intelligence rivalisait avec la leur.

Le lent développement de ces appareils est intimement associé au champ de vision du miroir universel. Au début, seule la planète Atara pouvait être examinée. Les historiens pouvaient réviser leur perception des événements s'étant déroulés sur Atara et les enquêtes policières se sont avérées beaucoup plus simples à exécuter. Des siècles plus tard, c'est tout le système solaire qui se trouvait sous ses yeux. Les scientifiques ont ainsi acquis une bien meilleure compréhension sur sa formation. Finalement, le miroir devint véritablement universel.

Désormais, son usage permettait aux explorateurs de rechercher une civilisation extra-atarienne.Les nombreuses années qui se sont avérées nécessaires au développement du miroir universel provoquèrent également ce qui allait être connu comme une révolution pacifique. Les citoyens d'Atara mirent en évidence les machinations et les faiblesses de leurs dirigeants. Ils prirent conscience des injustices qui en découlaient. Tous les citoyens, tant nordistes que sudistes, se sont alors unis pour exiger une réforme du système politique ainsi qu'une révision de la valeur de la monnaie. C'est grâce à tous ces efforts que la vie est devenue très agréable. Depuis ce jour, chaque citoyen se voit attribuer une valeur qui est partagée entre le gouvernement et les individus. Le budget des dirigeants est ainsi assuré et les citoyens reçoivent également leur part. La pauvreté a ainsi simplement cessé d'exister.

Le travail des dirigeants s'est grandement simplifié. Tous les 4 ans, chaque région, tant dans le nord que dans le sud, doit élire un représentant. Ceux-ci choisissent parmi eux celui qui devient le président d'Atara. À cette époque, madame Liliole occupait ce poste. Sa responsabilité était la gestion, la planification et l'administration de tous les projets.

Le Roi Tranasium, pour sa part, avait une tâche plutôt ingrate. Il servait de défenseur du citoyen et d'opposition au gouvernement. Il n'a aucun pouvoir décisionnel, mais il peut à tout moment imposer un moratoire sur les projets en cour. Afin de l'aider dans sa tâche, il dispose de nombreux conseillers ainsi qu'une garde rapprochée des plus efficaces.

La sécurité des citoyens est assurée par les forces policières. Parfois, les agents de la paix doivent rediriger la circulation lors d'accident de la route ou faire venir les ambulances et les pompiers selon la situation qui se présente à eux. Leur tâche est, en général, particulièrement aisée, car leur autorité est reconnue de tous. S'il s'avère nécessaire, les policiers disposent de la collaboration volontaire des citoyens. Il en est ainsi, car la culture inculquée aux gens met en valeur le choix de la paix, la pratique de l'humilité et l'éradication de la pollution de la pensée.

Plutôt que de commettre des crimes, les citoyens préfèrent voyager. Le tourisme est devenu l'activité par excellence de presque tout le monde. Les palais royaux, le musée de la Bibliothèque des Espèces ainsi que celui de l'Institut de Relation avec l'Être Suprême (IRES) constituent des attractions très prisées. Toujours dans ce but, le Consortium des Grands Penseurs offre une salle d'exposition où les visiteurs participent à diverses expériences. On y retrouve souvent des apprentis des écoles de base. L'Institut d'Exploration Planétaire propose des croisières autour d'Atara. Ceux qui partent en bateau aperçoivent de leurs propres yeux la toute première île qui avait été découverte jadis. Celle-ci compte trois arbres qui sont toujours vivants. Des tours d'avions sont également envisageables et ceux qui choisissent cette option peuvent, en quelques heures, voir du haut du ciel toutes les attractions touristiques. D'autres citoyens préfèrent se faire bronzer sur les plages du sud, mais l'attraction la plus populaire est indéniablement la zone neutre. Un nombre incalculable de petits commerçants mettent en vente toute une gamme de services et de biens de consommation. Les gens aiment y faire du magasinage. Étonnamment, c'est également à cet endroit qu'est situé le lieu qui éveille la spiritualité tant chez les croyants que chez les athées.

Le hall des récipiendaires du Prix Opel est considéré par plusieurs comme une exposition sacrée. Les statues des personnages historiques qui ont forgé la culture Atarienne y sont exposées. En entrant en ce lieu, les gens peuvent apercevoir celle du Général Carouk qui jadis avait choisi la paix comme moyen de dénouer la plus importante crise à avoir sévi sur Atara. Les souffrances que le fondateur de la zone neutre a endurées sont aujourd'hui la mesure de la valeur de la paix dont tous bénéficient. Un peu plus loin, les visiteurs retrouvent Grand Penseur Arislart. C'est lui qui enseigna la pratique de l'humilité. Sa philosophie permit l'unification des Grands Penseurs et la naissance non seulement du Consortium, mais également de la science. Il avait aussi joué un rôle majeur lors de la fondation de l'Institut d'Exploration Planétaire et de la Bibliothèque des Espèces. En plus, il est celui qui a institué le prix Opel. Au fil des siècles, ce qu'il a initié s'est développé et le quotidien des citoyens s'est grandement amélioré.

Finalement, la statue de Natar et de Ciellus rappelle aux visiteurs toute l'importance d'éradiquer la pollution de la pensée. L'incroyable génie de Ciellus avait permis d'élucider le mystère de la régression des habitants. Comment était-il possible que, dans un monde où l'évolution fait force de loi, l'espèce qui a le plus progressé soit aussi celle qui possède le moins de défense naturelle? Pourquoi les Atariens avaient-ils perdu tous les attributs avantageux que leurs ancêtres en tant qu'espèce possédaient? Fort d'une meilleure compréhension de la nature même des citoyens, Natar réussit à légaliser et à légitimer la société secrète nommée IRES. Il offrit même un moyen pour guérir les citoyens de l'impasse dans lequel leurs pensées se trouvaient. Les trois signes de la main se sont avérés merveilleusement efficaces dans ce sens. Les efforts de ce père et de sa fille ont permis d'entreprendre les recherches qui allaient démontrer l'existence de l'Être Suprême.

À la sortie du hall, les visiteurs ressentent une profonde admiration pour les récipiendaires du prix Opel. Tous se promettent d'améliorer leur propre humilité, d'être plus pacifiques et d'avoir un esprit plus ouvert. Les croyants pensent même que l'Être Suprême habite cet endroit et les athées s'avouent perplexes.

Difficulté à surmonter

Même si la vie est très belle sur Atara, il y subsiste tout de même certains problèmes qui sont toujours irrésolus. Par exemple, dans le nord-est du continent les sources d'eau potable sont rarissimes. Les citoyens de cette région doivent en importer soit des terres en palier soit des collecteurs ou encore des bouilloires. Des réservoirs sont remplis périodiquement, mais le coût de ces opérations est très élevé. Pour pallier cette difficulté, les représentants régionaux ont imposé des taxes aux citoyens et ils ont développé un système pour éviter des injustices.

Chaque habitation possède un compteur qui permet d'évaluer la quantité d'eau consommée par ceux qui y résident. Ainsi, chacun doit payer pour ce qu'il utilise. Si les représentants sont satisfaits de leur œuvre, il en est tout autrement pour les citoyens. Ceux-ci se plaignent, car plusieurs estiment qu'une commodité aussi essentielle ne devrait jamais être si dispendieuse. D'autres encore croient subir une injustice, car ailleurs sur le continent l'eau est gratuite. Tous se croient dans une impasse devant cette situation, car nul ne peut décrire une meilleure manière de procéder.

Les représentants régionaux, étant un peu démunis devant autant de plaintes, se sont tournés vers le Consortium des Grands Penseurs et vers l'Institut d'Exploration Planétaire afin qu'une solution soit trouvée. Les bâtisseurs ont commencé par examiner ce qui se fait ailleurs sur le continent. Lorsque les nuages frappent le haut des montagnes de la côte est au sud, les collecteurs s'imbibent d'eau potable. Les gouttelettes sont recueillies et acheminées dans des réservoirs par la simple force de gravité. Toutefois, en raison des vents au nord-est, ce procédé ne peut pas s'appliquer à cette région. Les nuages ne frappent tout simplement pas les massifs.

Par la suite, certains bâtisseurs ont étudié les systèmes de bouilloires. Au sud-ouest, l'eau de mer est recueillie dans d'immenses contenants qui sont chauffés. La vapeur qui en résulte est transportée vers d'autres réservoirs. Après refroidissement et condensation, de l'eau potable est obtenue. Dans le cadre d'un programme de recherche, ils ont tenté d'appliquer ce procédé dans la région du nord-est. Malheureusement, des résultats décevants les attendaient. En raison de l'abondance de la vie marine, de nombreuses molécules de toutes sortes se retrouvaient dans l'eau recueillie. Celle-ci s'est avérée impropre à la consommation pour cette raison. Cette solution n'est donc pas envisageable.

Quelques chercheurs ont eu un regard sur la façon dont les citoyens des terres centrales nordiques obtiennent leur eau potable. Ils ont ainsi pris conscience qu'en ce lieu, l'approvisionnement provient de la fonte des glaciers situés dans le haut des montagnes. En effet, durant l'hiver le volume de ces amas de glace augmente et pendant la saison estivale, il rétrécit. Il ne leur fallut que peu de temps pour comprendre que cette solution ne peut pas s'appliquer dans le nord-est tout simplement parce que la ressource n'est pas disponible.

À leur tour, les Grands Penseurs et les Bâtisseurs sont devenus tout aussi démunis que le reste de la population. Comment pouvaient-ils obtenir de l'eau potable autrement qu'en l'important? Quelques autres processus tirés de pensées idéologiques de jeunes étudiants ont été testés. Parmi ceux-ci, le plus prometteur condensait l'humidité de l'air en la refroidissant. Bien que l'eau ainsi obtenue pût être consommée, cette méthode rendait encore plus dispendieuse l'acquisition de cette précieuse ressource. Aucun autre processus ne fonctionnait ou ne contribuait à réduire les coûts d'approvisionnement en eau potable. Les nombreux rapports émis aux représentants régionaux ne laissaient que peu de place à l'espoir d'apporter une solution.

Chaque semaine, Potok et sa conjointe Malek ainsi que leurs deux enfants, Kravandish et Sandrik, se joignent à leur groupe de prière et demandent à l'Être Suprême d'aider les Bâtisseurs et les Grands Penseurs à trouver une solution au problème d'approvisionnement en eau potable dans le nord-est du continent. Tous les croyants de cette région en font autant. Les athées, quant à eux, exercent une pression constante sur les représentants régionaux afin de s'assurer que les recherches se poursuivent.

Dans la zone neutre, d'autres difficultés sont appréhendées. Jadis, les croyants et les athées se sont entendus pour affirmer que la découverte d'une civilisation extra-atarienne constituerait une preuve irréfutable de l'existence de l'Être Suprême. Le miroir universel permet aux explorateurs de rechercher un tel environnement. C'est Viermous qui, il y a quelque temps de cela, fut le premier à découvrir les gens de la Terre.

À l'Institut de Relation avec l'Être Suprême (IRES), le grand maître, les prêcheurs et les pasteurs éprouvent une joie intense en raison de cette découverte.

Tous s'avouent grandement satisfaits de la persévérance qu'ont démontrée les fidèles au travers des difficiles siècles passés. Une apaisante allégresse presque palpable peut être discernée en raison du large sourire qu'arborent tous les visages en ce lieu.

Par contre, de l'autre côté de la rue c'est une tout autre histoire. Au siège social du Consortium des Grands Penseurs, c'est plutôt du dégoût, de l'incrédulité et de l'incompréhension qui règne. Dans un lointain passé, les fondateurs de la science avaient présumé que la nature fonctionne selon des lois bien précises. Leurs prémisses excluaient l'existence de toute divinité. L'indiscutable découverte de Viermous ébranlait cette conviction profonde et aucun chercheur ne pouvait offrir une quelconque explication.

En raison des nombreux éléments nécessaires pour que la nature engendre une planète où la vie peut naître et y faire évoluer une civilisation, les Grands Penseurs croyaient qu'Atara devait être le seul endroit dans l'univers où ce phénomène se serait produit. La découverte d'une autre civilisation signifie donc que le hasard est régi par l'Être Suprême. Les lois de la nature, si précieuses pour le Consortium, peuvent très bien coexister avec un tel gestionnaire.

Bien que Viermous ait reçu son titre de Grand Penseur pour son incroyable découverte, tous les citoyens d'Atara se demandaient comment les membres du Consortium allaient réagir. Ils avaient promis de faire naître une nouvelle science, mais nul ne pouvait imaginer la forme que celle-ci prendrait. Athées et fidèles craignaient une récidive de la haine qui, jadis, marquait leur relation. Ils souhaitaient éviter qu'un nouvel essor de violence n'émerge et nuise au bien-être pacifique dont tous bénéficient. Un nuage de doutes planait au-dessus des sièges sociaux de l'IRES et du Consortium qui se trouvent littéralement face à face de chaque côté de la même rue.

Ailleurs sur Atara, d'autres difficultés, tout aussi importantes, sont rencontrées. Les policiers des plages du sud sont confrontés à des problèmes de délinquances juvéniles. Dans ces régions, certains jeunes ou groupes d'adolescents font exploser des bombes puantes dans des conteneurs à déchets des hôtels. D'autres s'amusent à accumuler des excréments d'animaux domestiques dans des sacs en papier. Ils les déposent sur des galeries de maison privée et y mettent le feu avant de sonner à la porte et de s'enfuir. À leur insu, les propriétaires sont filmés s'empressant de piller dans la merde pour sauver leur demeure.

Le réseau continental affiche plusieurs vidéoclips montrant ces méfaits. Bien que quelques malfaiteurs aient reçu de lourdes amendes et que d'autres ont effectué un court séjour en prison, le nombre important d'arrestations demeure constant et ces problèmes persistent.

Ces jeunes élinquants comptent même un super héros parmi eux. Le plus populaire des adolescents rebelles se surnomme Armos. Il suscite et inspire tous les autres malfaiteurs qui lui vouent beaucoup d'admiration. Ce dernier peint d'étonnamment belles images sur divers murs ou sur des voitures et y appose sa signature. Les propriétaires des maisons privées et des hôtels éprouvent toujours beaucoup de difficultés à nettoyer après son passage et ils ont porté de nombreuses plaintes aux services de police.

Les forces de l'ordre ressentent de l'inquiétude, car ils sont incertains de pouvoir assurer la sécurité des citoyens. L'avènement d'Armos est perçu comme l'élément déclencheur d'un contexte qui pourrait aisément dégénérer. Toutefois, même en utilisant le miroir universel, les agents de la paix cherchant à le coincer n'y parvenaient pas.

Armos a un réseau de contacts de plusieurs centaines d'individus. Chaque fois que l'un d'eux souhaite commettre un méfait, tous reçoivent un message indiquant une heure précise. Pendant cette heure-là, tous les jeunes contrevenants entrent par une bouche d'égouts fluviaux et ressortent par une autre. Ainsi, le miroir universel ne peut pas suivre leurs traces et les policiers sont démunis car ils perdent leur moyen d'enquête par excellence.

Un jour, Armos avait même poussé l'audace jusqu'à peindre une femme nue sur la portière du côté passager d'un véhicule de police. Le pauvre agent de la paix en service ne s'était pas aperçu qu'il était lui-même victime. Beaucoup de passants réagissaient au passage de l'automobile des forces de l'ordre. Certains en riaient aux larmes alors que d'autres étaient grandement offusqués. Le soir venu, le journal télévisé avait montré toutes ces réactions et le dessin en question. Armos acquit ainsi une certaine notoriété à l'échelle continentale et il devint le super héros des adolescents rebelles.

Les problèmes, auxquels les diverses autorités sont confrontées, ne possèdent pas l'ampleur de ceux du lourd passé d'Atara. À la Bibliothèque des Espèces toutefois, ce n'est pas toujours le cas. La médecine a infiniment progressé depuis les derniers centenaires, mais aujourd'hui les guérisseurs des divers centres hospitaliers demeurent toujours impuissants devant certaines blessures et devant des maladies incurables.

L'une d'entre elles est causée par la destruction partielle du génome. Dans ce cas, la cellule commence à se multiplier ce qui provoque une croissance anormale que les médecins appellent une tumeur. Les cellules ainsi infectées vont propager leur méfait dans tout le corps et de nombreuses autres protubérances apparaissent. Cette maladie porte le nom de cancer. Dans le but d'apporter la guérison, les médecins ont développé plusieurs processus. Ils peuvent utiliser de puissantes doses de radiation afin d'empêcher la division cellulaire ce qui, en principe, permet de freiner la progression de la maladie. Pour les cellules saines, ce même traitement peut provoquer le cancer. Les médecins disposent également de tout un arsenal de produits chimiques afin de tenter de tuer les cellules cancéreuses. Toutefois, ceux-ci ne font pas la distinction avec les cellules en santé.

Pour le patient, les effets secondaires sont terribles et particulièrement difficiles à supporter. Aux yeux du personnel médical, si ce mauvais état physique est trop avancé alors, plus aucun traitement ne devient possible.

Sur Atara, environ une personne sur cinq sera atteinte d'un cancer au cours de sa vie. La Bibliothèque des Espèces poursuit ses travaux afin de tenter de trouver une meilleure solution. Ils ont examiné certains poissons qui semblaient immuniser contre cette maladie afin d'en comprendre les raisons. Les chercheurs ont alors découvert que le cartilage de ces bêtes conférait à leur corps des propriétés contre lesquelles le c a n c e r n ' a v a i t a u c u n e e m p r i s e. Malheureusement, les atariens ont des os aussi, l'immunité des poissons n'est donc pas transférable vers les citoyens.

Dans le village, où se trouvait le siège social de la Bibliothèque des Espèces, vivaient une veuve et sa fille. Toutes deux, Polirsh et Skristash, craignaient l'avenir. Polirsh avait eu le cancer et elle était maintenant en rémission, mais les médecins considéraient son état comme précaire. La jeune Skristash avait déjà perdu son père d'un accident de travail et elle ne souhaitait nullement vivre le décès de sa mère. À l'âge de douze ans et avec l'aide du réseau continental, elle s'était mise à apprendre tout ce qu'elle pouvait sur cette terrible maladie.

Confrontés à des cas aussi difficiles, les médecins et les infirmiers ont appris à se tourner vers des individus qui possèdent le don de guérisons. Les succès ainsi escomptés font tout autant l'apogée de la joie chez les patients que chez les proches et même pour ceux qui travaillent dans les centres hospitaliers.

D'un autre côté, leurs échecs constituent des crève-cœurs par excellence. L'une des seules consolations que l'on peut offrir c'est que la recherche de la Bibliothèque des Espèces se poursuit sans relâche. Pour les gens qui perdent un être cher ou pour les très rares individus qui deviennent handicapés, de telles paroles font trop souvent piètre figure.

Heureusement, la remarquable histoire d'Angicride est devenue l'argument par excellence pour tous ceux qui sont confrontés à de telles situations. Elle constitue une source d'inspiration qui redonne beaucoup d'espoir à ceux qui en ont le plus besoin, et ce, tant chez les athées que chez les croyants.

L'histoire d'Angicride

Dans un village nordique de la côte ouest vivait un jeune mâle nommé Gustiak. Dans sa tendre enfance, il aidait son père à s'occuper de la ferme familiale. En dépit de son obéissance presque sans failles, Gustiak souffrait beaucoup et personne ne s'en apercevait. Les gens croyaient qu'il était timide. Puis un jour, comme bien d'autres jeunes de son âge et de sa région, il fut tenu de mettre cette activité de côté afin de s'inscrire à l'école de base. C'est en ce lieu qu'il fit la connaissance d'une jeune fille du nom de Marash. Ils se sont rapidement lié d'amitié et ont passé leur jeunesse ensemble. Marash était même devenue la confidente de Gustiak. Aucun d'eux n'avait de secrets pour l'autre. Aux yeux de tous, ils étaient véritablement faits l'un pour l'autre.

Lorsqu'ils sont devenus adultes, Gustiak et Marash se sont mariés et nul n'en fut étonné. Ce jeune couple voulait fonder une famille et de leur union est née une petite fille. Ils lui ont donné le nom d'Angicride. Tous étaient remplis de bonheur devant ce mignon bébé dont la vie commençait. Dès sa petite enfance, elle faisait la fierté de Gustiak et de Marash. Les grands-parents maternels et paternels venaient la visiter régulièrement et la belle petite fille qu'elle était remplissait déjà de joie tous ces cœurs.

Quelques mois après sa venue au monde, les grands-parents paternels d'Angicride sont décédés. Malgré sa peine, Gustiak prit la relève de la ferme qui l'avait vu grandir. Il en devint officiellement le propriétaire et l'avenir de sa famille était désormais assuré. En dépit de son deuil, Gustiak continuait à aimer et à chérir sa fille et sa conjointe. Il apportait toute l'aide dont elles avaient besoin et il était grandement estimé. Ses proches lui étaient reconnaissants et ils lui vouaient beaucoup d'amour.

Les mois passaient et le bébé gagnait en taille et en poids. Angicride était de plus en plus éveillée et ouverte à la merveilleuse vie qui s'offrait à elle. Tranquillement, elle s'est mise à jouer et à se traîner par terre au grand plaisir de ses parents et de ses grands-parents maternels. Puis, elle commença maladroitement à marcher et à parler. Les premiers souvenirs des atariens se forgent dès ce jeune âge. Pour Angicride, cela signifiait bien sûr l'amour de Marash et de Gustiak, mais aussi tout le plaisir qu'elle ressentait lorsqu'elle jouait avec sa grand-mère maternelle.

Comme beaucoup d'enfants en bas âge, Angicride adorait jouer. Elle affectionnait particulièrement les jeux de cache-cache et de la taille. Son habileté grandissante finit par la faire courir partout dans la maison et elle devint très talentueuse. Par contre, ce n'était pas le cas de grand-mère. Celle-ci éprouvait de plus en plus de difficulté à suivre sa petite fille. Surtout lorsque la jeune Angicride allait dehors. Dans ces merveilleux moments de grande tendresse, Marash l'accompagnait toujours. En dépit des profonds liens d'amitié qui se créaient entre les membres de cette famille, la santé de grand-mère s'est détériorée. Elle finit par mourir paisiblement et c'est dans la joie qu'elle trépassa. Marash et Angicride en furent grandement peinées, mais au travers de cette épreuve, Angicride continuait à grandir corporellement et en sagesse.

Dans le but d'aider son enfant à mieux vivre son deuil, Gustiak demanda à Angicride de l'aider avec les animaux de la ferme familiale. Celle-ci en fut enchantée. Elle tint donc cette activité tout comme Gustiak l'avait fait avec son propre père. Simplement à la vue de son enfant agissant ainsi, beaucoup de souvenirs surgissaient dans l'esprit de Gustiak. Chaque instant était rempli de rire et de joie.

Puis quelques années passèrent et Angicride s'est également retrouvée dans l'obligation de délaisser la ferme pour s'inscrire à l'école de base. Contrairement à Gustiak, Angicride avait très hâte d'apprendre à lire, à écrire et à compter. Lors de ses premières études, Angicride s'est avérée une apprentie dont l'habileté scolaire était conforme à la moyenne des gens sans plus. Toutefois, ses aptitudes sociales étaient plutôt remarquables. Elle savait rendre ses confrères et consœurs de classe heureux et acceptés de tous. Même les enseignants éprouvaient beaucoup de plaisir à l'idée de l'avoir au sein de leur classe. Marash et Gustiak en étaient tout simplement ravis et enchantés. En grandissant, Angicride s'est intéressée à d'autres horizons. Elle avait exprimé son désir de visiter la zone neutre et le hall des récipiendaires du prix Opel. Marash et Gustiak ont alors pensé que des vacances leur feraient également beaucoup de bien.

L'été arrivé, tous trois ont donc planifié cette aventure. Tôt le matin, les membres de cette petite famille ont embarqué dans l'automobile et ils ont parcouru tout le trajet entre la côte nord-ouest, où ils habitaient, et la zone neutre. Angicride avait alors douze ans et elle leur exprimait toute sa reconnaissance. Accompagnées de sa mère, elles ont fait un peu de magasinage.

Puis, ils ont visité l'exposition du Consortium des Grands Penseurs où ils ont particulièrement ri lorsque Gustiak vit sa coiffure se redresser sur sa tête après avoir touché une boule remplie d'électricité statique.

Par la suite, ils sont allés visiter le hall des récipiendaires du prix Opel. Angicride s'avouait très ému par les incroyables difficultés que les fondateurs de la culture atarienne ont dû affronter. Elle trouvait leurs enseignements très inspirants. À la sortie, Angicride disait qu'elle avait compris la nécessité d'accueillir tout ce qui se présente devant soi. C'était, selon elle, ce que les récipiendaires avaient appris à faire. Sa vision inspirait Marash et Gustiak qui n'avaient jamais perçu ces œuvres de cette manière. Toutefois, les pensées d'Angicride étaient, de très loin, bien plus faciles à décrire qu'à mettre en pratique. C'est d'ailleurs pour cette raison que cette famille allait être éprouvée.

Après cette visite, ils sont allés souper au restaurant. Il commençait à se faire tard et le retour à la maison s'annonçait particulièrement fastidieux. Après ce repas, tous les trois ont à nouveau embarqué à bord de l'automobile familiale et ont commencé à rouler. À mi-chemin, ils ont subi un malheureux accident.

Gustiak s'était bêtement endormi au volant et, en sortant de la route, leur véhicule avait fait de nombreux tonneaux. Lui et sa conjointe s'en sont miraculeusement sorti indemnes. Toutefois, la jeune Angicride, inconsciente, dut être transportée à l'hôpital en ambulance.

En ce lieu, les médecins et les infirmières ont immédiatement fait ce qu'il fallait pour aider leur jeune patiente. Des solutés ont permis de stabiliser ses signes vitaux. Ainsi, l'état de santé d'Angicride leur permettait de faire d'autres tests afin de mieux comprendre ce qui se passait dans son corps gravement blessé. Le lourd diagnostic est ainsi tombé tel un coup de marteau sur un doigt. La colonne vertébrale d'Angicride s'était fracturée en plusieurs endroits et elle avait également subi de multiples lésions au cerveau.

Les médecins craignaient pour sa vie et leurs incertitudes laissaient paraître des présages plus que malheureux. Plusieurs d'entre eux ont discuté ensemble au sujet de la meilleure marche à suivre. Ils souhaitaient définir les procédures qui optimiseraient les chances de survie de leur patiente tout en minimisant les effets néfastes pour sa santé future. Ses blessures au dos ne leur laissaient aucune autre option que de nombreuses et pénibles chirurgies.

La première d'entre elles s'est très bien déroulée. Le haut du dos d'Angicride put être reconstitué et les médecins espéraient ainsi encore mieux stabiliser ses signes vitaux. Après une semaine, Angicride respirait bien et les battements de son cœur étaient maintenant plus réguliers. D'un commun accord, ils ont choisi de procéder à la seconde opération qui s'est également bien passée. Par la suite, une troisième chirurgie s'était avérée nécessaire et Angicride répondait très bien aux traitements. L'espoir des médecins grandissait peu à peu.

Cependant, lors de sa quatrième opération, la situation s'est considérablement aggravée. Dans un moment où la dextérité du chirurgien s'avérait essentielle pour l'état futur du patient, le cœur d'Angicride cessa de battre. Les médecins n'ont eu d'autre choix que d'utiliser le défibrillateur pour la ranimer. Malheureusement, les contractions ainsi provoquées ont causé des dommages irréversibles à sa colonne fragilisée.

Au réveil et à la visite du médecin, Angicride, Marash et Gustiak ont appris qu'elle allait vivre, mais que plus jamais elle ne pourra marcher. Marash et Gustiak se sont alors rappelé les propos qu'ils avaient tenus à la sortie du hall des récipiendaires du prix Opel.

Ils stipulaient qu'il fallait toujours accueillir ce qui se présente. Pour cette raison, ils ont mis leur espoir et leur confiance dans les mains d'un individu qui avait le don de guérison et qui assistait les médecins à l'occasion. Malheureusement, ses efforts n'ont pas porté fruits.

Marash et Gustiak s'avouaient désolés, découragés et frustrés par les événements entourant leur enfant. Ils éprouvaient de sérieuses difficultés à accueillir la situation telle qu'elle se présentait. En désespoir de cause, ils ont fait appel à d'autres gens qui avaient le don de guérison sans toutefois obtenir le moindre succès. Certains d'entre eux avaient même refusé de lui imposer les mains.

Après trois mois passés à l'hôpital, Angicride était finalement prête à rentrer à la maison. Elle devait désormais se mouvoir à l'aide de son fauteuil roulant. Marash et Gustiak n'avaient d'autre choix que de se résigner, mais ils éprouvaient beaucoup de difficultés. Simplement à la vue de leur enfant se déplaçant ainsi leur faisaient vivre des émotions très peu agréables. Plutôt que d'accepter le contexte et de s'adapter, ils se révoltaient.

Gustiak ne tolérait plus qu'Angicride apporte son aide à la ferme et il s'ennuyait du temps où son enfant chérie courrait partout. Marash, quant à elle, ne pouvait endurer de voir Angicride rouler dans la maison. Elle ne souhaitait plus entretenir de relation avec son enfant. Marash et Gustiak bénissaient les journées où Angicride s'absentait pour suivre ses cours à l'école de base. Tous deux se trouvaient ainsi un peu soulagés de leur souffrance.

De jour en jour, leur colère et leur indignation s'accroissaient sans cesse. Si Angicride était blessé dans son corps, ses parents éprouvaient plutôt un malaise dans leur âme. Leur peine profonde avait remplacé l'habituelle joie de vivre dans la maisonnée. Même athées, ils blâmaient l'Être Suprême pour l'injustice qu'il leur faisait subir. Angicride leur a fait remarquer que ce paradoxe illogique constituait un indice comme quoi leur état émotionnel avait besoin de soins. Lors d'un souper familial, ils en ont parlé et ont fait preuve d'une grande sagesse en décidant de consulter un psychologue.

Les révélations

Angicride était très heureuse que ses parents aient enfin accepté de consulter un psychologue avec elle. Ainsi, elle retrouvait l'espoir de faire renaître la joie de vivre dans la maisonnée. Elle avait l'impression qu'avec un arbitre, elle pourrait finalement s'affirmer. Depuis l'accident, Angicride lui avoua qu'elle tentait désespérément d'aider ses parents à accepter et accueillir leur nouvelle situation malgré son lourd handicap. Cependant, tous ses efforts semblaient futiles. Angicride en avait déduit qu'un facteur autre que son handicap devait générer la colère de ses parents.

Les propos d'Angicride ont profondément bouleversé Marash et Gustiak. En dépit de leur amour pour elle, ils comprirent qu'ils lui faisaient du mal. Leur mauvais comportement était tout aussi nuisible que l'infirmité elle-même. Finalement, de ces consultations a émergé l'idée que d'accepter son lourd handicap avait un certain mérite. L'accueil est indéniablement un passage obligatoire vers la sérénité. Il serait plus judicieux de trouver comment s'adapter. Marash et Gustiak se sont alors excusés de lui avoir infligé plus de souffrances que nécessaire.

Petit à petit au fil de leur rencontre, le psychologue fit remarquer aux parents qu'Angicride, elle-même, ne semblait pas découragée ou démunie par sa paralysie. Au contraire, elle agissait comme si son fauteuil roulant lui apportait un peu de joie. Le psychologue espérait que Marash et Gustiak réussissent à faire de même. Pour ce faire, il devait d'abord comprendre la raison du bonheur d'Angicride. Malheureusement, cette information lui échappait toujours. Marash et Gustiak reconnurent l'authenticité de cette observation sans toutefois pouvoir offrir une quelconque explication eux non plus.

Sur ce point, Angicride demeurait discrète et refusait de révéler la source de sa joie de vivre. Le psychologue respectait le choix de sa patiente toutefois, son rôle était de faire en sorte qu'elle ouvre son cœur. Dans ce but, il eut l'idée de lui demander en quelle circonstance elle accepterait d'en parler. Contre toute attente, Angicride demanda, alors, de rencontrer le pasteur de son village.

À nouveau, les parents athées sont littéralement tombés sous le choc. Ils n'y comprenaient plus rien et ne voyaient vraiment pas ce qu'un pasteur pouvait bien faire de plus qu'un psychologue. Celui-ci était très humble et il leur expliqua la nécessité pour Angicride d'exprimer ses émotions. En cette circonstance, il demanda à Marash et à Gustiak de revoir leur attitude avec un esprit plus ouvert. À ses yeux, si un pasteur était ce qui s'avérait nécessaire à Angicride alors, cela lui convenait très bien. En dépit de toute conviction religieuse, il n'avait aucune raison de s'y opposer.

Les paroles du psychologue ont fait réfléchir Marash et Gustiak cependant, devant une requête de ce genre, ils éprouvaient quelques réticences. Puis, ils ont pensé qu'une telle rencontre pourrait les aider à mieux accepter la situation. Au bout du compte, c'est pour le bien-être de leur enfant qu'ils se sont finalement soumis à sa volonté.

Quelque temps plus tard, Pasteur Rakachi reçut donc le père et la mère d'Angicride dans son bureau. Ceux-ci lui ont expliqué leur vécu et lui ont également fait savoir qu'ils étaient athées. Considérant les croyances en une divinité quelconque comme étant futiles, ils ne voyaient toujours pas comment un pasteur pourrait faire mieux qu'un psychologue.

Ils croyaient qu'Angicride n'obtiendrait pas ce qu'elle cherchait. Marash et Gustiak ne se sont pas gênés pour faire valoir leur point de vue. Rakachi avait le don de la sagesse, il fit comprendre à Marash et à Gustiak qu'en aucun cas il ne remplacerait le psychologue. À ses yeux, il devait plutôt apporter toute l'aide que celui-ci requérait. Pasteur Rakachi ne comprenait pas les véritables motifs qui avaient poussé une jeune handicapée à vouloir le rencontrer cependant, il pensait qu'une conversion était probablement en cause. Pour cette raison, il imposa aux parents de rencontrer leur enfant sans eux. Il souhaitait vivement être seul avec elle ce qui correspondait également aux désirs d'Angicride.

C'est ainsi que Pasteur Rakachi et Angicride se sont connus. C'est lors de leur tête-à-tête que, pour la première fois depuis très longtemps, Angicride put enfin ouvrir son cœur sans réserve et manifester ses émotions qu'elle avait appris à cacher à ses parents. Elle révéla son étrange vécu pendant les deux minutes où elle avait subi une mort clinique. Sans rien y comprendre, Angicride s'était retrouvée assise sur un banc de parc devant un vaste océan. Les oiseaux volaient librement dans les airs et le ciel tout bleu ne laissait paraître aucun nuage.

La beauté enchanteresse de ce lieu faisait en sorte qu'elle ressentait un incroyable bien-être dans son for intérieur. C'était comme si une paix profonde et apaisante émanait de tous les objets qui l'entouraient. Pendant un court instant, elle avait choisi de savourer ce doux moment, mais une idée lui traversa la tête. Soudain, Angicride se leva brusquement en se demandant comment elle était arrivée à un endroit qu'elle ne connaissait pas. La peur remplaça le calme et l'inquiétude jaillit momentanément dans son cœur. Puis, son attention fut détournée vers un inconnu mal vêtu et mal peigné qui s'approchait tranquillement d'elle. C'est avec son large sourire qu'il l'invitait à être en paix. Ses paroles de pacificateur semblaient littéralement faire loi en ce lieu. Angicride recouvra ainsi ses esprits, son bien-être et son calme intérieur. Ses oreilles et ses yeux devinrent alors rivés sur son interlocuteur.

Tous les deux s'assirent sur le banc de parc. Cette personne mal vêtue et mal peignée lui expliqua qu'elle n'avait aucune raison de s'inquiéter puisqu'elle n'était que de passage et qu'en ce lieu, personne ne lui ferait de mal. Angicride connaissait maintenant des émotions très fortes qu'elle n'avait jamais vécues auparavant.

Être autant en paix tout en vivant un immense bonheur paraissait à la fois si réel et tellement inusité qu'elle avait peine à l'admettre. Absolument tout échappait à sa compréhension. Puis, son interlocuteur voulut qu'elle le suive. Il prétendait avoir quelqu'un à lui présenter. Tous deux s'engagèrent le long d'un sentier qui passait dans un jardin d'une splendeur telle qu'aucun mot ne lui rend justice. En route, Angicride ne pouvait s'empêcher d'admirer toute la beauté de ce magnifique parc. L'agencement parfait entre les multiples espèces de fleurs, d'arbustes et d'arbres ainsi que les odeurs et les couleurs très agréables qui les accompagnaient sans parler des insectes et des oiseaux qui semblaient être tels des enfants jouant dans un terrain de jeux l'émerveillait d'une manière qu'elle n'avait jamais connue avant ce jour. Même les cailloux semblaient avoir leur propre place. En réalité, aucun objet n'avait été laissé au hasard.

En passant à côté d'une roche que le sentier contournait, une jeune femme qu'Angicride n'avait pas remarquée s'affairait à tailler un arbuste. Celle-ci la salua en employant son nom. Tout étonné, Angicride se retourna pour la saluer à son tour et le mâle qui l'accompagnait cessa de marcher à cet instant.

Dans son for intérieur, Angicride se demandait comment celle-ci pouvait bien connaître son nom. Après un moment de silence, Angicride lui avoua être intriguée et fascinée, mais elle reconnaissait ne plus rien comprendre à ce qu'elle vivait. La jeune femme se mit à rire et d'une façon très calme et sympathique, elle lui demanda de n'avoir aucun souci.

Elle l'assura que la compréhension viendrait à son heure. Puis l'individu mal peigné et mal vêtu l'invita à poursuivre leur route.

Étant à peine rendu au bout du sentier, Angicride ne manqua pas de remarquer sa grand-mère maternelle qui les attendait impatiemment. À sa vue, elle se précipita dans ses bras pour lui communiquer toute son affection. Malgré son absence prolongée, Angicride ne l'avait pas oubliée. En cette journée des plus mémorables, Angicride voyageait d'émotions fortes en émotions fortes. Son étonnement n'avait cependant pas encore atteint son apogée.

Grand-mère l'invita à déjeuner dans la maison qui se trouvait non loin de là. Aux yeux d'Angicride, il s'agissait du plus prestigieux édifice qu'elle n'avait jamais vu. Ensemble, ils marchèrent jusqu'à la porte d'entrée où le mâle les quitta. Angicride fut très surprise de voir ses grands-parents paternels lui ouvrir et l'inviter à l'intérieur. Ceux-ci étaient également décédés depuis fort longtemps.

Tous les quatre s'assirent autour de la table à manger puis une dame un peu grassouillette et bien arrondie sortit de la cuisine pour leur apporter des assiettes de fruits et du jus. Cette bonne vivante servit Angicride en premier en prétextant qu'elle était l'invitée d'honneur en cette belle journée. Angicride était en admiration devant elle et voulut connaître   son nom. La rondelette dame lui répondit qu'elle se nommait Papa.

À ces mots, Angicride éprouva un humour trop intense. Elle se mit à rire silencieusement, mais ses épaules sursautaient. Ne voulant pas manquer de respect, elle tentait en vain de camoufler sa bouche en mettant sa main devant son visage. Ses Grands-parents étaient tellement heureux de la voir ainsi qu'ils ont ri aux larmes eux aussi.

Même Papa riait à n'en plus finir. Le déjeuner dura plusieurs heures et la maisonnée était remplie de joie des retrouvailles et d'une apaisante sérénité bienfaisante. Après plusieurs heures passées ensemble, Papa demanda au grand-père paternel d'informer Angicride de ce qui le troublait. Celui-ci arbora alors un air très sérieux. Tous pouvaient discerner des regrets et du désespoir au travers son ton de voix. Il informa Angicride du surnom de Bobo qu'il avait donné à son fils quand celui-ci était petit. Son désarroi était sans borne, car ce n'est qu'après sa mort qu'il a compris tout le mal qu'il avait involontairement infligé à son enfant. Le grand-père voulait lui dire combien il trouvait son fils joli et ainsi lui communiquer toute son affection, mais ce dernier croyait plutôt qu'il était comme une blessure pour lui.

C'est à ce moment que la dame du jardin et l'homme mal vêtu et dépeigné sont entrés dans la cuisine. Les Grands-parents se sont alors levés et ont informé Angicride que Papa souhaitait s'entretenir avec elle puis ils s'en sont allés dehors. Papa, le pacificateur, la jeune fille et Angicride se sont installés autour de la table et ils ont entamé une conversation.

Papa informa Angicride que le mâle était son fils bien-aimé et que la jardinière était également son enfant chérie. Puis, Papa lui demanda si elle savait qui elle était. Angicride ignorait ce qui convenait de lui répondre. Cependant, après un court moment la fille de Papa lui demanda de regarder dans son cœur. Angicride entendait sa petite voix intérieure, mais elle n'osait pas révéler ce qu'elle disait. C'est alors que l'individu mal vêtu et dépeigné l'informa que Papa était l'Être Suprême. Puis, Papa reprit la parole :

« **Angicride, je t'ai choisi. Toi qui connais ma volonté, tu seras celle qui la révèlera. Tu connaîtras bien des épreuves, mais tu inspireras ainsi tout le monde. À chaque instance où ta foi sera remise en question, ce sera un signe de ma présence.** »

Ces quelques mots ont fait naître dans le cœur d'Angicride des émotions d'une intensité que jamais elle n'oubliera. Elle se sentait aimée plus que jamais et éprouvait également un sentiment d'appartenance qui lui était jusqu'alors inconnu.

C'était littéralement là la source de sa joie de vivre en dépit de son lourd handicap. Après avoir entendu Papa lui dire ces quelques paroles, les souvenirs d'Angicride deviennent flous. Elle s'est réveillée dans son lit d'hôpital encore sous l'effet de puissants somnifères. Plus tard, elle apprenait qu'elle avait subi une mort clinique qui n'avait duré que deux minutes à peine. Pendant celles-ci, elle avait passé toute une journée en compagnie de ces grands-parents décédés ainsi qu'avec l'Être Suprême et ses enfants.

Elle avouait à Pasteur Rakachi toute son incompréhension devant un tel événement. Que pouvaient bien vouloir dire les paroles qu'elle avait reçues directement de leur divinité? Était-ce là le fruit de son imagination, une réaction causée par l'usage de médicaments particulièrement fort ou s'agissait-il d'une véritable rencontre avec l'Être Suprême? Angicride ne savait tout simplement pas comment se forger une opinion ni comment vérifier la validité d'une histoire semblable, mais celle-ci comptait beaucoup pour elle.

La sagesse de Pasteur Rakachi était rudement mise à l'épreuve. Il devait conseiller quelqu'un qui avait effectué une rencontre personnelle avec l'Être Suprême alors que lui-même n'avait jamais vécu un tel événement. Il prit donc quelques minutes pour réfléchir. Durant ses prières, un détail persistant émergea dans son esprit. La jardinière lui avait dit que la compréhension viendrait à son heure. Pour Rakachi, cela signifiait qu'une méthode pour recevoir une confirmation devait être incluse dans le récit d'Angicride.

Mis à part les paroles de l'Être Suprême, le seul autre enseignement qu'elle avait reçu provenait du grand-père paternel. Pasteur Rakachi demanda à Angicride de lui révéler la première fois où elle avait entendu parler du surnom de Bobo. Elle lui répondit sans hésitation que jamais cela ne s'était produit avant sa rencontre avec Papa.

Fort de son don de sagesse, Pasteur Rakachi fit venir Marash et Gustiak et demanda à Angicride de parler de ce surnom. Bien qu'incertaine, sous l'insistance de Pasteur Rakachi elle finit par acquiescer. Angicride s'est alors mise à relater ce qui lui avait été dit. Elle informa son père que Bobo signifiait très joli plutôt qu'une blessure. Elle lui dit que Grand-père l'avait toujours aimé.

Marash et Gustiak se sont alors regardés droit dans les yeux et Gustiak s'est effondré en larmes. Sa mère, totalement estomaquée, lui demanda comment elle avait pris conscience du plus lourd secret de son père. Comment pouvait-elle connaître ce surnom? Comment connaissait-elle les intentions du grand-père?

C'est à ce moment précis que Gustiak comprit qu'en dépit de tout le mal qu'il avait lui-même involontairement infligé à son enfant, il l'aimait sans réserve. À ses yeux, il devait en être ainsi pour son propre père envers lui. Après plusieurs minutes de pleurs, Gustiak remercia Angicride. Il savait dans son for intérieur que sa fille exprimait la vérité. Il avait l'impression d'être libéré d'un lourd fardeau et, désormais, il se savait aimé.

Marash était tout simplement sans voix. Toute sa vie, elle avait vu son conjoint souffrir intérieurement et en un instant la situation venait de changer du tout au tout. Elle avait toujours fait preuve d'une complicité avec lui spécialement là où son lourd secret était concerné. Jamais Marash n'avait réussi à faire autant de bien pour Gustiak qu'Angicride en cet instant.

Devant la forte réaction des parents d'Angicride, Pasteur Rakachi était lui aussi complètement bouche bée. Il révéla à Angicride que les sentiments et les émotions éprouvés par ses parents démontraient que sa rencontre personnelle avec l'Être Suprême était légitime. Puis, il les invita à participer à son groupe de prière qui devait avoir lieu ce soir-là.

La mission

Pour la première fois de leur vie, Angicride, Marash et Gustiak, toujours un peu septique, s'avouaient intrigués par une soirée de prière. Pasteur Rakachi leur avait promis que les croyants tenteraient de trouver en quoi consiste la volonté de l'Être Suprême pour leur enfant. Au début de cette réunion, le célébrant exprima ses souhaits de bienvenue à tous les fidèles présents dans la salle ainsi qu'à Angicride et à ses parents. Il les présenta en tant qu'athée en pleine conversion et il demanda aux fidèles de faire un exercice de discernement afin de les aider à comprendre le message reçu.

Par la suite, il invita Angicride à partager sa rencontre personnelle avec l'Être Suprême. À ces mots, les fidèles tout comme les parents ont ressenti une stupéfaction qui ne connaissait presque aucune limite. La jeune handicapée roula jusqu'à ce qu'elle soit face à tous ces gens puis elle se révéla sans réserve. Les fidèles n'en croyaient tout simplement pas leurs oreilles. Ils étaient à la fois émerveillés et étonnés d'apprendre que leur divinité pouvait contacter une athée avant eux.

Les parents d'Angicride comprenaient maintenant d'où venait le savoir de leur fille en ce qui concerne le secret de son père. Ils s'avouaient très émus et honorés par toute la grâce que le divin leur faisait en dépit du peu de mérite qu'ils avaient.

À la demande de Pasteur Rakachi, les fidèles se sont ensuite isolés pour prier et méditer. Les parents d'Angicride étaient eux aussi dans leur coin, mais tous deux pleuraient de joie et d'émerveillement. Leurs émotions les empêchaient d'avoir des idées suffisamment claires pour émettre une opinion réfléchie. Un peu plus tard, les croyants ont discuté ensemble sur la signification des paroles que la jeune handicapée avait reçues de l'Être Suprême en personne.

À leurs yeux, les épreuves d'Angicride devaient être relatives à sa paralysie puisqu'aucun individu possédant le don de guérison n'avait réussi à la soulager. De plus, son état suscitait des sentiments de compassion d'où « **l'inspiration pour tout le monde** ». À cette époque, aucune civilisation extra-atarienne n'avait encore été découverte.

Aussi, les fidèles pensaient que la jeune handicapée serait la première personne à en trouver une. En réalisant la découverte la plus attendue de toute l'histoire des Atariens, les fidèles pensaient qu'ainsi la parole « **Je t'ai choisi** » s'accomplirait.

En démontrant l'existence de l'Être Suprême, ils croyaient que « **Toi qui connais ma volonté, tu seras celle qui la révèlera** » deviendrait conforme à la réalité. Après un tel événement, tous les citoyens connaîtraient l'existence de leur divinité.

Parce qu'il s'agissait d'une interprétation, aucun fidèle ne pouvait prétendre détenir la vérité. Pourtant, tous les croyants s'entendaient pour affirmer qu'Angicride s'était vue confier une mission directement des mains de l'Être Suprême. Pour eux, il s'agissait d'une situation très rare et très particulière. C'était même tellement inusité que cela parût presque impossible, mais les faits vérifiables tels que le surnom de Bobo étaient présents. L'impact bienfaisant que cette révélation avait eu sur les parents était porteur d'un signe dont l'interprétation les laissait croire qu'Angicride n'était accompagné par nul autre que celui qu'ils vénéraient. Seul ce qui provient directement de l'Être Suprême peut avoir un tel impact et mérite que l'on s'y attarde.

En cette soirée, Marash et Gustiak sont devenus croyants. Désormais, chaque semaine ils allaient participer aux rencontres de leur groupe de prière. Angicride, quant à elle, décida de faire de même et ce soir-là, le métier d'explorateur devint son choix de carrière. Pour cette famille, c'est petit à petit que la joie de vivre allait revenir dans la maisonnée. Marash et Gustiak avaient maintenant une raison d'accepter la paralysie de leur enfant.

Cette histoire devint très populaire au nord-ouest et un bon nombre d'athées s'y sont intéressés. Au fil des années, plusieurs d'entre eux ont poussé leur enquête jusqu'à interroger la jeune handicapée en personne. Sa personnalité très sociable et respectueuse faisait en sorte que certains se sentaient à l'aise à l'idée de devenirs croyants. Bien qu'Angicride et ses parents fussent les trois premiers à se convertir, un nombre impressionnant de non-croyants ont suivi leurs exemples. Leur groupe de prière avait ainsi gagné de nombreux membres. Cela faisait le bonheur de Pasteur Rakachi, mais il ne se sentait aucunement responsable de l'avènement de la foi dans le milieu de vie où il prêchait. Il imputait plutôt ce phénomène à une jeune fidèle paralysée.

Au sein de l'IRES, le nombre impressionnant de conversions n'était pas passé inaperçu. Dans la région des plages du sud, la quantité de fidèles était en constant déclin. Dans le but de remédier à cette déplorable situation, Grand Maître Walibim demanda à Pasteur Rakachi d'aller s'établir en cet endroit. Celui-ci obtempéra tout en recommandant fortement qu'Angicride devienne celle qui le remplacera, et ce, malgré sa jeunesse. Au début, Walibim avait bien quelques réticences à cette nomination pour le moins particulière. Cependant, le nombre impressionnant de conversions et l'unanimité des fidèles l'obligèrent à reconsidérer son propre point de vue. Après une séance de méditations et de prières où son puissant don de discernement lui fut grandement utile, il conféra à Angicride le titre de Pasteur.

La joie que les fidèles ressentaient devant cette heureuse nomination ainsi que la fierté de Marash et de Gustiak avait grandement contribué à éradiquer les quelques hésitations qui persistaient dans son cœur. Toutefois, c'est l'humilité de la jeune handicapée qui dissipa tous ses doutes. Walibim s'avouait très impressionné par tant de dévotion.

Il avait été jusqu'à dire qu'il croyait qu'Angicride était appelé à réaliser de grands objectifs, car elle inspirait autrui d'une manière peu commune à ses yeux. Cette même année, Angicride avait atteint l'âge requis pour s'inscrire au collège des Grands Penseurs afin d'y apprendre les rudiments du métier d'explorateur. C'est en ce lieu qu'elle fit la connaissance de Viermous. Celui-ci désirait vivement poursuivre ses études cependant, cette activité représentait un défi très considérable. Aucun membre de son entourage ne croyait en lui. Pourtant, il pensait qu'il serait la première personne à découvrir une civilisation extra-atarienne. Pour ces raisons, Pasteur Angicride fut touché et elle lui avait offert son aide.

Au fil des années, ils sont devenus de bons amis. Leurs études durèrent cinq ans puis tous deux graduèrent. Ils ont commencé leurs recherches en même temps et trois jours plus tard, c'est Viermous qui fit la découverte la plus attendue de tous les temps. Il était, par hasard, tombé sur un système solaire qui comptait effectivement une civilisation autre que celle retrouvée sur Atara. Ce soir-là, il était tellement heureux qu'il bondit sur le téléphone et en informa son amie Angicride.

Le succès inattendu de Viermous troubla grandement la foi de Pasteur Angicride. À ses yeux, il était maintenant très clair qu'elle ne serait pas la première personne à découvrir une autre civilisation.

Pour cette raison, elle se demandait si le discernement des gens de son groupe de prière ne se serait pas avéré erroné. Même les croyants qui la suivaient se posaient des questions semblables. C'est Gustiak qui pendant une célébration rappela à tous ce que l'Être Suprême avait dit à sa fille. « **À chaque instance où ta foi sera remise en question, ce sera un signe de ma présence.** » À cette parole, c'était comme si la paix était revenue dans le cœur d'Angicride ainsi que dans ceux des membres de son groupe. Même sans pleinement comprendre la volonté divine, elle avait retrouvé sa joie de vivre et avait fait le choix de continuer à mettre sa confiance en Papa. Beaucoup de questions sans réponses étaient tout de même posées. Qu'elle est sa véritable mission? Comment interpréter le message qu'elle avait reçu?

Après la soirée de prière et avant d'aller dormir, Angicride ressentait le besoin de réviser ses travaux de recherche en tant qu'exploratrice. Certes, la vie n'existait sur aucune des planètes qu'elle avait étudiées toutefois, l'une d'elles ressortait du lot.

Certains éléments faisaient en sorte que la planète HBU81455679 était problématique à ses yeux. Celle-ci était suffisamment proche de son étoile pour que de l'eau liquide coule à sa surface et elle possédait une lune. On y retrouvait donc tout ce qui est nécessaire à l'émergence de la vie. De plus, son atmosphère comptait environ 18 % d'oxygène. Sur Atara, ainsi que sur la Terre, ce gaz provient des toutes premières formes de vie. Certaines bactéries se sont adaptées en vivant en communauté plutôt qu'individuellement. Elles consomment le dioxyde de carbone émis par les volcans et rejettent de l'oxygène dans l'atmosphère. C'est là la seule source connue de ce gaz et pourtant, la planète d'Angicride ne soutenait aucune forme de vie. Comment l'oxygène présent dans l'atmosphère de ce monde s'est-il retrouvé là? Elle avait demandé à la machine pensante l'autorisation d'effectuer plus de recherche, mais en raison du protocole très strict entourant les explorateurs, sa requête fut rejetée.

Pendant ce temps, Viermous avait effectué une étude préliminaire concernant les citoyens de la Terre. Ce que sa recherche révéla le troubla grandement. Pour la toute première fois, il put entrevoir l'incroyable portée que sa découverte aurait sur la culture atarienne.

Étant un peu incertain de lui-même, il ressentit le besoin d'entendre les précieux conseils de son amie de longue date. Angicride lui proposa d'accueillir ce qui lui arrivait avec beaucoup de gratitude. Elle lui proposa de remettre sa confiance en l'Être Suprême plutôt que de se laisser guider par la peur. Selon elle, les craintes ressenties étaient tout à fait normales dans ces circonstances toutefois, il était impératif qu'il révèle sans réserve et sans hésitation le contenu de son compte-rendu.

Quelques semaines plus tard, Angicride se rendit au Consortium où son ami devait recevoir son titre de Grand Penseur. Elle put ainsi le voir respecter les conseils qu'elle lui avait prodigués. Viermous se présenta avec confiance devant présidente Liliole et roi Tranasium de plus, pratiquement tous les membres des établissements continentaux étaient présents et même les citoyens d'Atara le regardaient à la télévision.

Il fit savoir à tous ces gens que la découverte de la Terre constituait, selon lui, une preuve de l'existence de l'Être Suprême même si la civilisation humaine ne correspondait aucunement aux attentes de la plupart des citoyens. Puis, il leur lit l'opinion de la machine pensante.

« Si le général sudiste Carouk avait choisi la voie de la guerre plutôt que celle de la paix, les Atariens seraient devenus comme cette civilisation étrangère. Sur leur planète, l'autonomie est préférable à l'entraide. L'importance d'un individu est déterminée par ses acquisitions et son argent. Les dirigeants ont des serviteurs et ne sont pas au service de ceux qu'ils gouvernent. L'apparence est plus importante que le bien-être.

En ce lieu, l'iniquité domine. Les richesses ne sont pas réparties uniformément. Les services scolaires ne sont offerts qu'à quelques jeunes privilégiés. On y trouve des gens qui décèdent parce qu'ils ont trop mangé ainsi que ceux qui ne consomment pas suffisamment de nourriture. Certains ont de magnifiques habitations alors que d'autres vivent dehors. Des gens se font soigner dans des hôpitaux, mais ailleurs leurs citoyens décèdent de maladies guérissables. Dans ce monde, il y a plusieurs continents. Des guerres ont eu lieu et le développement des armes a connu un incroyable essor.

Dans le but de se défendre contre des individus de leur propre race, leurs moyens de tuer peuvent anéantir toutes formes de vie.

L'emprise de la pollution de la pensée fait irrémédiablement son œuvre. Au nom de ce qu'ils vénèrent, des adeptes de croyances irrationnelles se sont entre-tués, et ce, en dépit du fait que leurs principes sont censés engendrer la paix. On y retrouve de la torture, des injustices, et du terrorisme.

Ces gens ont appris la théorie de la sélection naturelle ainsi que la génétique, mais ils se croient toujours l'espèce la plus évoluée en raison de leur langage. En ce qui concerne la doctrine de l'intelligence naturelle, ils sont dans l'ignorance. Ses habitants nomment leur planète-mère la Terre. »

Après ce discours, c'est toute la population d'Atara qui tomba sous le choc du moment. Tous se demandaient comment une civilisation pouvait survivre en coexistant avec autant de mal.

Aux yeux des atariens, il s'agissait d'une aberration sans précédent. En dépit des fortes émotions que tous ceux présents dans la salle ressentaient, Viermous reçut son titre de Grand Penseur avec une mention d'excellence. Puis, présidente Liliole et roi Tranasium se sont approchés de lui pour lui serrer la main et le féliciter pour tous ses efforts et son incroyable découverte.

C'est alors que Viermous vit Angicride se rouler vers lui. Elle lui serra la main pour exprimer sa joie de le voir dans cette situation et elle lui demanda également son aide. C'est ensemble qu'ils ont parlé à Grand Maître Walibim. Selon le protocole des explorateurs, toutes dérogations requéraient l'autorité d'un Grand Penseur et la permission d'un directeur général d'une institution à statut continental. Ce n'est que de cette façon que la machine pensante permit à Angicride de poursuivre l'étude de son étrange planète qui avait été découverte une heure avant la Terre.

Grand Maître Walibim avait donné son approbation et en avait informé la machine pensante. Viermous fit de même puis Angicride retourna chez elle afin de mieux étudier la planète HBU81455679. Les premières photos obtenues suggéraient une horreur sans précédent. Des traces d'une civilisation disparue étaient présentes. Les nombreuses villes de ce monde semblaient avoir littéralement explosé pour ne laisser qu'un amas de ruines.

Des forêts d'arbres pétrifiés pouvaient également être perçues. Le niveau de radiation alpha, bêta et gamma était mortel en tous lieux sur ce monde, mais son amplitude était particulièrement puissante là où les villes détruites se trouvaient. Que s'était-il produit?

La manifestation

Partout sur le continent, les citoyens connaissaient, désormais, l'existence de la planète Terre. Tous savaient que la découverte d'une civilisation extra-atarienne aurait un profond impact sur la philosophie qui règne au Consortium. Plusieurs se doutaient que même au sein de l'IRES, cette incroyable trouvaille avait un sérieux potentiel pour produire un effet plus que considérable et dévastateur. Pourtant, ces établissements continentaux se devaient de réagir en exprimant leurs réflexions. En principe, les membres du Consortium devaient faire naître une nouvelle science et ceux de l'IRES devaient s'efforcer de demeurer dans l'humilité.

Beaucoup de citoyens doutaient de la capacité des membres du Consortium et de l'IRES à composer avec la situation dans laquelle ils se trouvaient. L'impact de la découverte de la civilisation humaine était perçu comme ce qui mettrait un terme définitif au débat sur l'existence de l'Être Suprême. Voilà maintenant qu'une réponse pouvait être fournie. De plus, celle-ci revêtait tout le poids de la logique des Grands Penseurs, mais elle favorisait la foi des fidèles.

Aux yeux de plusieurs, il paraissait primordial d'éviter d'en faire un élément déclencheur. Dans un village près des terres centrales nordiques, les citoyens étaient d'avis qu'il s'avérait nécessaire d'inciter le Consortium à faire preuve de bien plus qu'une logique imperturbable. Les Grands Penseurs devaient absolument démontrer de la sagesse dans leur intervention. C'est dans ce but qu'ils avaient organisé une manifestation où les participants devaient se rendre dans la zone neutre tenant pancartes en main tout en marchant devant le siège social du Consortium des Grands Penseurs. Ces gens se croyaient justifiés en agissant de la sorte.

Dans la région du sud-est tout près de l'Institut d'Exploration Planétaire, d'autres citoyens pensaient plutôt que les membres de l'IRES devaient mettre beaucoup plus d'efforts dans leur pratique de l'humilité. Accueillir l'opinion des Grands Penseurs d'une manière hautaine constituerait un véritable affront qui éloignerait les fidèles. Ces citoyens considéraient qu'il était absolument nécessaire de faire connaître leur opinion et leur crainte avant que l'IRES et le Consortium s'expriment. Ils ont également organisé une manifestation qui devait se tenir devant le siège social de l'IRES.

Pasteur Angicride avait poursuivi et complété son étude de la planète HBU81455679. Elle était sous le choc en raison de ce qu'elle avait appris. À ses yeux, il était impératif qu'elle en informe Grand Maître Walibim le plus rapidement possible. Pour ce faire, elle avait demandé à Viermous, son ami de longue date, de venir la reconduire au siège social de l'IRES. C'est par une belle journée ensoleillée qu'ils ont fait le trajet de la côte nord-ouest jusqu'à la zone neutre où ils sont arrivés au début de l'après-midi.

Aucun d'eux ne se doutait de la surprise qui les attendait. Les policiers les ont empêchés de se rendre en voiture jusqu'à leur destination en raison d'une manifestation qui dégénérait rapidement. Les sièges sociaux de l'IRES et du Consortium se trouvaient littéralement face à face de chaque côté de la même rue.

Plus tôt ce matin-là, quelques autobus en provenance des terres centrales nordiques et quelques autres qui avaient pour origine la côte sud-est avaient débarqué des manifestants aux opinions divergentes. Malheureusement, à leurs yeux, les actions et opinions de l'autre clan étaient perçues comme une aberration pure et simple, des gestes forts peu recommandables étaient commis.

Au début, les policiers se sont contentés de faire acte de présence afin de s'assurer qu'aucune loi ne soit enfreinte. Ils reconnaissaient aux manifestants le droit de s'exprimer. Ceux-ci faisaient connaître leur crainte et leur opinion au Consortium et à l'IRES. Toutefois, leur profond désaccord les incita à se lancer des injures. Les policiers ont ainsi perçu que la situation dégénérait. Pour éviter qu'elle ne s'aggrave, ils ont bloqué l'accès au site de la manifestation. Plus personne ne pouvait se rallier à la centaine d'individus qui étaient maintenant sous haute surveillance.

Grand Maître Walibim ainsi que directeur général Paralym regardaient attentivement l'évolution de la manifestation. Tous deux s'interrogeaient sur la validité de l'opinion de chacun des groupes. Ils y discernaient à la fois un fond de vérité et une non-conformité. À leurs yeux, il devait être possible pour le Consortium et l'IRES de se parler avec respect sans pour autant être en harmonie complète. Toutefois, les risques de dérapage étaient bel et bien présents.

Sous les yeux des policiers, un manifestant avait lancé un caillou en direction de l'autre groupe. Les agents de la paix l'ont immédiatement mis en état d'arrestation et l'ont inculpé d'atteinte à la paix publique. Puis, un lieutenant des forces de l'ordre s'est installé en plein milieu de la rue, au centre des deux groupes de manifestants avec son amplificateur portable pour être certain que tous entendent sa voix.

Il informa les belligérants que les forces policières assureraient leur droit de s'exprimer, mais qu'en aucun cas ils ne pouvaient autoriser qui que ce soit à priver les autres de ce même droit. Dans de telles circonstances, les policiers se verraient dans l'obligation d'intervenir. La violence envers les autres ou envers les biens matériels ne sera pas tolérée.

N'ayant aucun autre choix, Viermous et Angicride avaient garé leur automobile un peu plus loin. Par la suite, Viermous aida Angicride à sortir du véhicule et à s'assoir dans son fauteuil roulant avant d'atteindre la limite que les policiers avaient fixée. En ce lieu, ils ont rencontré Grynph, le chef des forces de l'ordre, et pasteur Angicride lui avoua qu'elle devait absolument se rendre dans l'édifice de l'IRES pour rencontrer Grand Maître Walibim.

Grynph était très réticent à la laisser passer. Son lieutenant lui avait indiqué qu'aucun signe ne permettait de croire que la situation s'améliorait. Ceux-ci continuaient à se lancer de nombreuses injures. Pasteur Angicride demanda alors au capitaine Grynph de faire un acte de foi et de l'escorter jusqu'au siège social de l'IRES. Grand Penseur Viermous s'avouait disposé à prendre un tel risque.

La première réaction du capitaine Grynph fut de refuser pour des raisons de sécurité qui lui semblaient évidentes. L'infirmité d'Angicride l'empêcherait de prendre la fuite si les manifestants devaient s'en prendre à elle. Toutefois, pasteur Angicride réussi à le convaincre en lui affirmant qu'il serait fort peu judicieux de croire en l'Être Suprême si celui-ci n'exauçait pas ses prières, de plus elle prétendait pouvoir aider les forces de l'ordre.

Grynph ordonna alors à une vingtaine de ses agents d'assurer la sécurité de Pasteur Angicride et de Grand Penseur Viermous. C'est ensemble qu'ils passèrent la banderole d'interdiction. Viermous poussait Angicride et ils étaient entourés par les policiers.

En route, Angicride lisait les inscriptions sur les pancartes : « Pratiquez l'humilité », « Choisissez la paix », « Faites preuve de sagesse ». À la vue de Viermous, tous les membres des deux groupes de manifestants l'ont applaudi comme un véritable héros.

Lorsqu'ils ont atteint l'emplacement du lieutenant, Angicride et Viermous ont eu une belle surprise. Les manifestants lui ont demandé un discours. Grand Penseur Viermous prit donc l'amplificateur portable du lieutenant et il avoua à la foule qu'il n'était pas à l'aise de parler en public. Par contre, son amie, Pasteur Angicride, était bien plus sage que lui.

Sur Atara, il est très rare de voir une personne handicapée se pavaner en public. Nul ne connaissait Pasteur Angicride et personne ne semblait intéressé par elle. Aux yeux des policiers en service, la présence d'Angicride et de Viermous rendait la délicate situation encore plus complexe. Cependant, Angicride avait appris à accueillir tout ce qui se présente devant elle. Elle prit le microphone et elle sut trouver les mots justes pour renverser la situation du tout au tout.

« Vous êtes venu en ce lieu pour faire connaître votre crainte de voir resurgir la violence qui, jadis, régnait entre les fidèles et les athées. Bien que vos opinions divergent sur les moyens à prendre, vos sentiments sont les mêmes. Grand Penseur Viermous et moi vous avons entendus. Je suis persuadée qu'il en est ainsi tant pour le Consortium que pour l'IRES. Vous avez gagné.»

Après ces quelques mots, les manifestants se sont mis à l'applaudir. Ils percevaient maintenant ce que Grand Penseur Viermous leur avait dit au sujet de la sagesse qui animait Pasteur Angicride. Maintenant, tous la croyaient sur parole et comme à son habitude elle avait attiré la sympathie des gens. Si elle, qui était si répugnante à leurs yeux, avait compris la raison de leur protestation alors, d'autres aussi pouvaient comprendre. Puis Angicride poursuivit son discours.

« Il est parfois judicieux de manifester, mais servir d'exemple est toujours un geste d'une grande sagesse et d'une imposante dignité. Vous devez maintenant choisir entre ce qui est écrit sur vos pancartes ou ce que vous souhaitez éviter. Vous pouvez les planter sur les terrains de l'IRES et du Consortium, serrez la main des membres de l'autre groupe et rentrez chez vous. Vous pouvez également agir tel que vous le craignez en persistant dans votre violence. Continuez à vous lancer des injures et des cailloux, mais demandez-vous comment le Consortium et l'IRES vont réagir? Serez-vous l'exemple de ce qui est convenable ou de ce qui est à écarter? Souvenez-vous que le futur d'Atara commence dès maintenant. »

Dans la foule, il y eut alors un long moment de silence. Tous les gens qui étaient en ce lieu à ce moment précis adhéraient aux propos qu'Angicride leur avait tenus. Chacun des manifestants contre l'IRES s'interrogeait sur la meilleure manière d'agir. Il en était de même pour ceux contre le Consortium.

En réalité, même les forces de l'ordre ne savaient plus ce qui convenait de faire. Pour la première fois depuis le début des manifestations, la déplorable situation commençait à s'améliorer.

Les manifestants en provenance des terres centrales nordiques ont décidé de suivre les recommandations de pasteur Angicride. Ils ont planté leurs pancartes sur la pelouse du Consortium. Puis l'un d'eux s'est avancé pour tendre la main aux membres de l'autre groupe. Cette idée plaisait également à ceux qui venaient du sud-est. Ceux-ci ont donc installé leur bannière sur le terrain de l'IRES et ont fait la paix avec les gens des montagnes en paliers. Tous s'en sont retournés chez eux à bord des autobus qui les avaient amenés. C'est ainsi que l'ordre fut rétabli en cette journée qui aurait très aisément pu mener les citoyens d'Atara à la catastrophe que tous cherchaient à éviter. Il est toujours plus important d'être en paix que d'avoir raison.

Les policiers ont remercié Viermous et Angicride pour l'aide qu'ils avaient reçue de leur part. Directeur général Paralym et Grand Maître Walibim avaient également été témoin de ce qu'Angicride avait réussi à accomplir. Tous deux n'en croyaient tout simplement pas leurs yeux. Ils ont ordonné que les pancartes des manifestants demeurent en place. Ce n'est qu'en fin d'après-midi que Viermous et Angicride ont finalement pu entrer au siège social de l'IRES. Ils ont été invités à prendre le repas en compagnie de Grand Maître Walibim qui ne manqua pas d'exprimer son étonnement devant les réalisations de pasteur Angicride. Celle-ci lui avoua qu'elle avait complété son étude de la planète HBU81455679 et elle lui remit son rapport.

Après le repas, Grand Maître Walibim prit tout le temps nécessaire pour bien assimiler ce qui y était écrit. Tout comme Angicride, il s'est également retrouvé dans un état de choc. Il se sentait dépassé par les événements. Plus tôt dans la journée, le Consortium avait officiellement annoncé son intention de partager les réflexions des Grands Penseurs en réponse à la découverte de la Terre. Walibim ressentait le besoin de s'isoler pour prier et méditer. Viermous et Angicride furent donc invités à dormir en ce lieu.

Grand Maître Walibim était reconnu pour son puissant don de discernement. En cette journée, il avait reçu le rapport officiel de l'étude de la planète HBU81455679, le Consortium avait manifesté son désir de faire connaître l'opinion des Grands Penseurs et il avait vu l'étonnante réaction des manifestants.

Walibim percevait dans ces circonstances un signe de la volonté de l'Être Suprême. Son interprétation l'incita à demander à Pasteur Angicride de servir de porte-parole de l'IRES lors de leur rencontre avec le Consortium.

Pasteur Angicride faisait pleinement confiance à Grand Maître Walibim bien sûr, mais sa véritable dévotion allait plutôt envers Papa. Cela ne l'avait pas empêché d'accepter le poste qui venait tout juste de le lui proposer. Cependant, elle avait quelques réserves ou inquiétudes et elle ne manqua pas de les exprimer. Elle craignait la réaction de ses confrères de l'IRES. Seront-ils jaloux, envieux ou craintifs? Vont-ils l'aider ou lui nuire? Après tout, la réunion avec le Consortium était très importante et le choix d'un porte-parole l'était tout autant. Les gens étaient en droit d'espérer qu'un prêcheur pourvoit à ce poste et non un simple pasteur.

Plusieurs membres de l'IRES se sont effectivement avérés étonnés par la nomination de Pasteur Angicride toutefois, aucun ne s'en est offusqué. Ils avaient appris à faire confiance à Grand Maître Walibim. Tous croyaient que son puissant don de discernement devait avoir motivé sa décision. Pour cette raison, un moment très intense était attendu avec impatience et nul n'allait être déçu.

Première opinion des Grands Penseurs

Le Consortium des Grands Penseurs avait organisé ce rendez-vous historique dans la salle de conférence de la zone neutre. Présidente Liliole, le roi Tranasium, les bâtisseurs de l'Institut d'Exploration Planétaire, les biologistes de la Bibliothèque des Espèces ainsi que les membres de l'IRES étaient invités. Les journalistes et la télévision du réseau continental étaient également présents. La plupart des citoyens d'Atara souhaitaient connaître l'opinion des Grands Penseurs toutefois, tous s'avouaient maintenant intrigués par les propos qu'une simple pasteure handicapée tiendrait.

Les journalistes avaient relaté que certains citoyens, dont des membres du Consortium, s'interrogeaient sur le fait que l'IRES ait nommé une femme pasteure handicapée en tant que porte-parole. Cela était interprété comme si l'IRES accordait peu de valeur à leur opinion. Toutefois, les prêcheurs et les pasteurs avaient défendu le choix de Grand Maitre Walibim en montrant d'autres faits.

Pasteur Angicride était également exploratrice et elle avait grandement aidé Viermous lors de ses études.

De plus, elle avait gagné la pleine confiance de Walibim bien avant que le Consortium manifeste son désir de communiquer son opinion. Plusieurs avaient même mis en évidence l'incroyable sagesse qui l'avait animé lors de la manifestation.

Les citoyens avaient ainsi appris à connaître Pasteur Angicride. En raison de son handicap et de la grande valeur que tous semblaient lui conférer, un vent de sympathie souffla à son endroit. Les gens étaient de plus en plus fascinés par elle et beaucoup se demandaient comment elle pouvait prétendre être capable de répondre à tous les Grands Penseurs en même temps. Dans l'histoire d'Atara, la logique des membres de l'IRES n'a jamais été à la hauteur dans un tel cas.

Paralym prit la parole. Il avoua que la découverte de la Terre avait ébranlé les fondements mêmes de son établissement. Les Grands Penseurs se sont retrouvés dans l'obligation de débattre de la possibilité que l'Être Suprême s'avère être le gestionnaire du hasard.

« Dans le cerveau des citoyens, les très nombreux liens qui sont établis sont nécessairement le produit des aléas de la nature. La raison de cette affirmation provient du fait que le nombre d'allèles est bien plus petit que celui des liaisons cérébrales. Les instructions en provenance du génome sont donc insuffisantes pour les établir. Contrairement aux autres animaux, ceux dotés d'intelligence ont subi une réaction évolutive en chaîne. Ce qui signifie que leur savoir inné est minimisé ou presque inexistant. L'origine de tout ce qui est inscrit dans les cerveaux de chacun d'entre nous provient majoritairement de notre environnement et de notre vécu. Il n'y a aucune raison de croire en une quelconque intervention Divine en ce qui les concerne. Les Grands Penseurs sont plutôt favorables aux simples fruits du hasard. Puisque, selon l'IRES, l'Être Suprême offre la liberté à ses enfants, il est possible de conclure que parfois les événements fortuits ne sont pas toujours sous sa gestion. Les membres du Consortium voient dans les liens cérébraux l'exemple par excellence de ce fait.

Toutefois, le nombre d'événements fortuits qui doivent se produire en des temps très précis afin que la nature puisse engendrer une civilisation est si élevé que l'audacieuse hypothèse de l'IRES paraît plausible. L'Être Suprême pourrait effectivement s'avérer être le gestionnaire du hasard dans la nature. Aucune loi connue du Consortium ne permet d'offrir une quelconque opposition à cette idée et la découverte de la Terre semble offrir une confirmation.

La tâche des Grands Penseurs fut alors de trouver comment faire la distinction entre un hasard qui ne serait que le fruit d'un aléa d'un autre qui proviendrait plutôt de la volonté de l'Être Suprême. Parce qu'il s'agit ici d'un acte volontaire, la logique des membres du Consortium ne permet pas de faire un tel discernement. Ils se sont donc retrouvés dans l'obligation de considérer une autre hypothèse.

C'est la prémisse de l'ignorance qui fut à l'origine de la science. À l'époque de la naissance du Consortium, personne ne pouvait affirmer connaître ou comprendre les phénomènes naturels. En adoptant une méthodologie bien précise et à coup de persévérance, les Grands Penseurs ont fini par comprendre les lois et les forces qui régissent tout ce qui est observable. Aujourd'hui, les bénéfices d'une telle philosophie sont à la fois innombrables et incontestables. Après des millénaires d'évolution pouvons-nous, en ce jour, affirmer tout connaître et tout comprendre? Si l'on continue de respecter notre prémisse initiale alors, la réponse doit être non.

Aujourd'hui, d'autres questions tout aussi pertinentes peuvent être posées. Combien de civilisations sont-elles nécessaires pour satisfaire le créateur? Pourquoi devrait-il y en avoir plus que ce que la nature peut produire? Est-il possible que ses aléas aient permis l'émergence de deux civilisations plutôt qu'une? En dépit de l'étonnante découverte de la Terre, pouvons-nous affirmer avec une certitude absolue que l'Être Suprême existe?

Sans une réponse adéquate à ces questions, le Consortium ne peut pas admettre l'hypothèse de l'IRES comme étant conforme à la réalité. Il n'est pas raisonnable de considérer qu'une divinité soit le gestionnaire du hasard. »

Comme à l'habitude, la logique des Grands Penseurs paraissait tout aussi imperturbable que très bien ancrée dans la réalité. Dans ces circonstances, la seule idée qu'un membre de l'IRES parvienne à faire en sorte d'ébranler encore plus les fondements mêmes du Consortium constituait une véritable impossibilité aux yeux des citoyens. Tous s'avéraient pourtant très anxieux d'entendre les propos d'Angicride. En cet instant, celle-ci ressentait une grande nervosité et même un certain malaise dans un tel contexte. Le discours de Paralym l'avait un peu ébranlé. Elle prit environ une minute pour méditer et lors de sa prière elle se rappela ce qu'elle avait entendu lors de sa rencontre avec Papa « **Toi qui connais ma volonté** ». C'est alors qu'elle comprit que ses récentes recherches sur son étrange planète constituaient la réponse qu'elle devait donner au Consortium.

Angicride prit son courage à deux mains et remit toute sa confiance dans celles de Papa. Puis, elle fit rouler sa chaise jusqu'aux pieds de l'escalier. Grand Maître Walibim assisté par Grand Penseur Viermous ont fait monter Angicride sur le podium d'où elle prit la parole pour prononcer l'une des plus importantes allocutions de toute l'histoire des Atariens.

« La logique du Consortium est tout aussi indéniable que nécessaire. Simplement parce qu'on ne peut pas tout expliquer, ne signifie pas qu'il n'y a pas d'explications. Les Grands Penseurs se demandent combien de civilisations sont requises pour satisfaire l'Être Suprême et pourquoi la nature devrait en produire plus que les aléas ne le permettent. Les graines des arbres servent à leur reproduction. C'est d'ailleurs leur raison d'être. Pourtant, chaque année, chacun en produit des centaines. Chacun pourrait à lui seul générer une forêt. Est-ce là plus que nécessaire? En réalité, tous les ans, les oiseaux et certains insectes s'en nourrissent. Seulement une infime portion d'entre elles vont germer et produire un nouvel arbre.

Je vous soumets l'hypothèse qu'il en est ainsi pour toutes les civilisations dans l'univers. Ce même principe s'applique également dans leur cas. Il doit en exister plus que les aléas de la nature ne le permettent puisque la plupart vont périr. Quelques-unes seulement vont survivre. Les propos de directeur général Paralym nous font comprendre que l'Être Suprême nous laisse libres. C'est-à-dire que nous pouvons choisir de faire sa volonté ou la nôtre. Nous pouvons nous entraider ou nous faire la guerre. Nous pouvons nous aimer les uns les autres ou exercer notre domination. Nous pouvons vivre libres ou mourir esclaves. Nous pouvons discuter avec un esprit ouvert ou nous efforcer d'imposer notre volonté. Voilà un choix qui n'appartient à personne d'autre qu'à nous-mêmes.

Ne faites surtout pas l'erreur de croire que mon opinion est sans véritable fondement, car je peux vous assurer qu'il n'en est pas ainsi. En réalité, mes récentes recherches me permettent de vous présenter une évidence grâce à laquelle mon opinion peut très aisément être justifiée.

La planète HBU81455679 ne possède aucune forme de vie. Toutefois, on retrouve en ce lieu tout ce qui est nécessaire pour déceler l'occurrence d'un tel avènement. De plus, l'origine de l'oxygène dans son atmosphère devient particulièrement énigmatique sans la présence de la vie. Comment ce gaz est-il arrivé là?

Plusieurs études se sont avérées nécessaires pour expliquer ce phénomène observable. C'est en raison de cette énigme et pour respecter le protocole des explorateurs que Grand Penseur Viermous et Grand Maître Walibim ont autorisé la machine pensante à me laisser poursuivre mes recherches. Aujourd'hui, je vous offre donc l'histoire d'une troisième civilisation.

L'émergence de la vie a effectivement pris forme sur cette planète. L'évolution des espèces s'est effectuée telle que la théorie de l'intelligence naturelle le décrit. En ce monde, deux espèces distinctes ont connu une réaction évolutive en chaîne.

Les corps de la première race étaient plutôt colosse sans toutefois, être très rapide ou souple. Ceux de la seconde par contre, paraissaient plus frêles, mais ils étaient beaucoup plus agiles.

Lors de leur préhistoire, ces deux espèces vivaient sur un continent qui était traversé du nord au sud par une rivière. Parce qu'ils se faisaient concurrence pour la nourriture, de nombreux conflits éclatèrent entre eux. Chacune de leur côté, ces races ont ainsi développé des cultures guerrières. Pour eux, la véritable valeur d'un individu était définie par son habileté à combattre.

Ces deux cultures avaient chacune leur propre divinité et leur propre rituel. Dans les deux cas, la pratique des arts martiaux constituait ce qui était prescrit pour vouer un culte à leur Dieu. Le maniement des armes et la domination étaient les valeurs véhiculées dans leur société. Bien sûr, les gens de l'autre espèce étaient toujours mal perçus.

Aux fils des siècles, la rivière est devenue un fleuve. C'est seulement en quelques endroits bien précis qu'il était possible de se rendre sur l'autre rive. L'ère de bronze est arrivée et les armes ont connu un important essor. Des haches et des épées sont apparues. Sur chaque rive, les conflits entre les deux races devinrent très sanglants.

À l'ouest, ce sont les colosses qui dominaient. Les frêles se cachaient et tentaient désespérément de passer inaperçus. Par contre, sur l'autre rive, la quantité de frêles était bien plus importante. En ce lieu, les colosses se tenaient loin des villages où leurs ennemis jurés étaient en bien trop grand nombre. Cet état dura pendant de nombreux millénaires. Toutefois, la dérive des continents continuait de faire son œuvre. Si bien qu'il devint impossible de traverser sur l'autre rive.

Avec le temps, les côtes devinrent invisibles et la rivière était maintenant devenue un océan. À l'ouest, les colosses avaient tué tous les frêles. Ceux-ci n'étaient plus qu'une légende racontée aux petits enfants. Sur l'autre continent, par contre, ce sont les frêles qui ont gagné la guerre et les colosses sont devenus une représentation du mal. Des deux côtés, ces récits sont devenus des mythes.

Chacun ignorait l'existence de l'autre espèce et cette paix relative dura pendant quelques millénaires. Les deux populations s'étant considérablement accrues de nouvelles ressources alimentaires durent être trouvées. Les colosses ainsi que les frêles se sont alors tournés vers la pêche en haute mer. L'importante quantité de poissons suffisait pour répondre à leur besoin en nourriture.

C'est ainsi que les deux espèces distinctes se sont retrouvées et à nouveau, ils se faisaient concurrence pour garnir leur banquet. Une autre guerre éclata et, cette fois, la prolifération des armes connut un important essor. Des missiles intercontinentaux armés d'ogives nucléaires ont été inventés des deux côtés.

Les frêles et les colosses se sont littéralement anéantis mutuellement. Les quelques survivants ont expérimenté l'hiver nucléaire, le froid intense, la famine et la maladie causée par une dose excessive de radiation. Les plantes ont perdu leur soleil et leur chaleur pendant bien trop longtemps. Tout ce qui existe est maintenant contaminé et cette pollution s'est inévitablement retrouvée dans l'océan où même la vie marine fut perdue à tout jamais. Les citoyens de ce monde ont littéralement fait leur propre volonté plutôt que celle de l'Être Suprême. C'est ce qui les a menés, non seulement à leurs propres pertes, mais également à celle de toute autre forme de vie sur leur propre planète mère.

C'est pour cette raison que la présence d'oxygène est décelable sans qu'il y ait de vie. C'est précisément la découverte de cette civilisation disparue qui me permet de justifier mon hypothèse initiale. Les civilisations dans l'univers se comportent comme les graines des arbres. Il doit en exister plus que la nature ne le permet tout simplement parce que la plupart vont périr. »

Le discours d'Angicride faisait réfléchir certains citoyens qui avaient envie d'y adhérer. Par contre, d'autres personnes refusaient d'admettre ces faits et son interprétation comme étant conformes à la réalité. C'est que certains ressentaient même de la peur devant des propos aussi catastrophiques. Pour cette raison, plusieurs y voyaient là une allocution de propagande plutôt qu'une réponse à l'impitoyable logique du Consortium. Ce point de vue était également partagé par Paralym. Sa logique pure et dure faisait en sorte qu'il avait beaucoup de réserve devant le discours d'Angicride. La manière de réfuter de telles affirmations paraissait très simple aux yeux de Paralym. Il suffisait de montrer qu'aucune autre planète n'était dans la même situation qu'HBU81455679.

C'est avec beaucoup d'incrédulité qu'il exprima ses doutes. Dans le but de prouver la validité des affirmations du Consortium, il se dirigea vers un ordinateur et y fit une recherche. En moins de trente secondes, il prit conscience que sept planètes, déjà étudiées par les explorateurs, avaient une atmosphère qui contenait de l'oxygène sans qu'aucune trace de vie ne soit décelable. Ce résultat, pour le moins inattendu, l'étonna tellement qu'il abaissa les bras et les épaules et il recula de quelques pas.

Sa réaction déclencha un sentiment de stupeur qui envahit alors les membres de l'assemblée. Le silence régnait en maître incontesté. Présidente Liliole était bouche bée, Roi Tranasium était sans voix, Grand Maître Walibim n'en revenait tout simplement pas et même Grand Penseur Viermous ne savait vraiment plus quoi penser. Angicride devait avoir raison et pour la première fois dans l'histoire des Atariens, la logique de l'IRES avait surpassé celle du Consortium.

Pasteur Angicride reprit la parole et proposa de reporter cette réunion à plus tard après un autre temps de réflexions. Cette fois, le Consortium s'empressa d'appuyer cette requête et Présidente Liliole dissolue l'assemblée. Les citoyens d'Atara venaient de trouver leur nouvelle héroïne.

Les honneurs

Quelques semaines plus tard, Paralym et Walibim ont eu une conversation en privé. Ils ont parlé d'Angicride qui avait su répondre aux Grands Penseurs. Paralym s'avouait encore sous l'emprise de la stupéfaction. Sur les sept planètes, identifiées ce soir-là, la vie s'était éteinte après un conflit nucléaire global ou par une pollution excessive. Bien que l'histoire de ces civilisations diffère en plusieurs points, Paralym reconnut qu'Angicride devait avoir raison.

Grand Maître Walibim, quant à lui, se disait également abasourdi par ce qui s'était produit lors de la rencontre entre le Consortium et l'IRES. Il disait qu'Angicride avait, de très loin, surpassé ses espérances. Walibim avait perçu toute la puissance et la sagesse de l'Être Suprême au travers elle.

De connivence avec Viermous, ils organisèrent une célébration-surprise pour Angicride. C'est par une belle soirée étoilée que son ami de longue date l'invita à souper dans un restaurant de la zone neutre. Viermous gara son automobile devant la porte d'entrée et il aida Angicride à sortir de la voiture et à s'assoir dans son fauteuil roulant. Par la suite, il la poussa tranquillement et un portier, au large sourire, les fit entrer.

Angicride fut grandement ébahi de voir Présidente Liliole, Roi Tranasium, Grand Maître Walibim, directeur général Paralym et même Pasteur Rakachi être là debout à l'applaudir. Les serveurs du restaurant et même les cuisiniers en faisaient autant. La télévision diffusait cet événement sur le réseau continental et la population regardait attentivement ce qui se produisait.

Angicride était visiblement émue par toute l'attention et l'amour qu'elle recevait en cette soirée des plus mémorables. Son ami Viermous l'accompagnait avec une grande joie et beaucoup de reconnaissance pour tout ce qu'elle avait fait pour lui. Il l'aidait à bien vivre les émotions que ce contexte engendrait en elle.

Après le repas, Grand Maître Walibim s'avança sur le podium et avoua que Pasteure Angicride s'était avérée la meilleure porte-parole que l'IRES pouvait espérer. Son puissant don de discernement faisait en sorte qu'il croyait qu'Angicride était appelée à remplir un rôle bien plus important que celui d'un pasteur. C'est sans la moindre hésitation qu'il lui décerna le titre de prêcheur. C'est également à ce moment que tous les citoyens d'Atara ont appris que l'Être Suprême était avec elle.

Angicride peinait à retenir ses larmes. Discrètement, Viermous lui mit la main sur son épaule et ainsi, il lui montrait qu'il la comprenait et que ses émotions étaient on ne peut plus normales. En réalité, tous ceux qui étaient dans la salle partageaient ses sentiments. Cela montrait à quel point Angicride était tout aussi vulnérable que n'importe lequel des citoyens d'Atara. À nouveau, un vent de sympathie à son endroit envahit la population.

Ce fut ensuite au tour de directeur général Paralym à s'avancer sur le podium. Celui-ci avoua que jadis, les membres du Consortium croyaient qu'il devait n'y avoir qu'une seule civilisation dans l'univers. La découverte de la Terre avait profondément ébranlé cette notion. Depuis que Prêcheur Angicride a exercé ses fonctions de porte-paroles de l'IRES, le compte des civilisations connues est maintenant à neuf. Il n'y a plus aucun doute possible, l'Être Suprême est désormais le gestionnaire du hasard.

Les membres du Consortium sont toujours à réfléchir et ils ne sont pas encore prêts à exprimer leur nouvelle opinion. Toutefois, ce que Prêcheur Angicride a accompli est d'une importance telle que seul un Grand Penseur en est capable. Ce soir-là, tout comme son ami Viermous, Angicride reçut également cet honneur.

Cette fois, Angicride ne put se retenir. Elle mit ses deux mains sur son visage et s'effondra en larmes. Viermous ne savait pas comment la réconforter. Heureusement, Pasteur Rakachi est venu s'assoir au côté d'Angicride et il l'a tout simplement pris dans ses bras pour un moment.

À son tour, Présidente Liliole s'avança sur le podium. Elle informa la population que le protocole entourant les explorateurs devait être révisé pour inclure les planètes où la vie serait absente et qui auraient de l'oxygène dans leur atmosphère. Elle ordonna à l'Institut d'Exploration Planétaire de faire en sorte qu'il en devienne ainsi. Puis, elle alla féliciter Angicride en lui serrant la main.

Un à un, tous ceux présents dans la salle firent de même. Viermous fut le dernier et en la poussant vers la porte, le même portier avec le même sourire les attendait. À l'extérieur, des centaines de citoyens s'étaient amassés pour applaudir Angicride qui ne cessait de pleurer de joie.

C'est avec beaucoup de respect et d'humour que les commentateurs des nouvelles télévisées parlaient d'Angicride. Ils utilisaient l'expression « Bien prise qui croyait prendre ».

Cela faisait référence à son état émotionnel ainsi qu'à son incroyable exploit bien sûr. Avant cette soirée, seule Ciellus avait obtenu plus d'un titre et elle était récipiendaire du fabuleux prix Opel. Pour cette raison, partout sur le continent les citoyens ont conféré à Angicride une notoriété presque sans borne. Tous éprouvaient un sentiment de complicité qui commençait à prendre forme.

Dans la région du nord-est, les festivités étaient entachées par une nouvelle des plus dérangeantes. Les contrats avec les transporteurs d'eau potable arrivaient à échéance et ceux-ci allaient probablement vouloir négocier une augmentation de salaire. Un tel geste se traduirait inévitablement par un accroissement des taxes et les citoyens de cette région payaient déjà trop cher.

Pour cette raison, de petits groupes de réflexions se sont formés partout et en tous lieux pour discuter de la situation. Dans les écoles, au travail, dans les casernes de pompiers, dans les postes de police, dans les restaurants et même dans les prisons les gens discutaient au sujet des moyens à prendre pour remédier à un contexte tout à fait déplorable.

Plusieurs se demandaient comment agir lorsque ni le gouvernement ni les Bâtisseurs ni même les Grands Penseurs ne trouvaient de véritables solutions. Dans certains milieux, l'expression « révolution » était même employée ouvertement. Cette idée gagnait de plus en plus la faveur des citoyens du nord-est. Bien que ceux qui y adhéraient fussent encore minoritaires, une imposante inquiétude perturbatrice assaillait les représentants de ces régions. D'autant plus que le désir des camionneurs de mieux gagner leur vie était on ne peut plus légitime. Présidente Liliole fut mise au fait de la situation toutefois, elle ne savait pas plus que d'autres comment agir dans de pareilles circonstances.

Pour le moment, le congrès des représentants a choisi de ne pas en parler publiquement. La menace qui pesait sur eux était même devenue un sujet tabou. Plusieurs refusaient de considérer cet avertissement comme étant très sérieux de toute façon.

Les nouvelles fonctions d'Angicride

Après s'être remise de ses émotions, Angicride commença à étudier pour ses nouvelles fonctions. En tant que Grande Penseuse, elle devait participer à l'élaboration du nouveau protocole commandé par présidente Liliole. La collaboration des bâtisseurs de l'Institut d'Exploration Planétaire lui était nécessaire, car ceux-ci avaient la responsabilité de la programmation de la machine pensante qui supervise et encadre tous les explorateurs. L'ancienne manière de procéder avait été développée afin de maximiser l'efficacité des recherches pour trouver une civilisation étrangère et d'éviter que les citoyens d'Atara entrent en contact avec elle sans autorisation. Un tel geste requérait l'approbation de tous les dirigeants des institutions continentales, du président et du roi.

L'ancien protocole spécifiait que s'il n'y avait pas de vie alors, l'explorateur devait passer au prochain système solaire. La persévérance d'Angicride avait mis en évidence le défaut majeur de ce processus. Les civilisations disparues ne seraient ainsi jamais détectées. Tous les citoyens d'Atara étaient d'avis qu'une solution devait être apportée.

Par contre, la manière de s'y prendre faisait l'objet de nombreux débats. Plus de recherches s'avéraient nécessaires. En tant que prêcheur, Angicride est officiellement devenu le porte-parole de l'IRES. Son rôle est d'offrir une réponse aux arguments que les membres du Consortium vont exprimer dans un avenir plus ou moins rapproché. Elle doit également faire la promotion de la philosophie concernant les croyances en l'Être Suprême. C'est ce qu'elle faisait déjà en tant que pasteur. Tout cela sans oublier d'offrir son soutien à tous les membres de l'IRES ni de promettre d'obéir aux décisions de Grand Maître Walibim.

Bien qu'Angicride fût enchantée par ses nouvelles fonctions, elle était également consciente que sa vie publique en souffrirait un peu. Pendant quelque temps, elle devait s'isoler pour parfaire le protocole des explorateurs ce qui fait qu'elle serait moins accessible pour les citoyens. Comme à son habitude, elle avait fait le choix d'accueillir et d'accepter sa situation.

Quelques semaines plus tard, les membres de l'Institut d'Exploration Planétaire et Angicride se sont réunis afin de discuter d'éventuels changements du protocole. Les Bâtisseurs suggéraient simplement de modifier la ligne de code qui disait « s'il n'y a pas de vie, passez au prochain système solaire ».

Ils proposaient de dire ceci « S'il n'y a ni vie ni présence d'oxygène dans l'atmosphère alors passez au système solaire suivant ». Angicride avouait avoir songé à cette même dénaturation toutefois, elle avait quelques réserves. L'objectif étant de déceler toutes les civilisations même celles qui se seraient éteintes, elle avait cru bon d'étudier tout ce qui peut causer un tel événement. C'est ainsi qu'elle prit conscience qu'il existe des étoiles qui, lors de leur mort, explosent en émettant de puissants rayons gamma. Si l'un d'eux devait frapper une planète où une civilisation existe, c'en serait fini pour elle. L'oxygène de l'atmosphère brûlerait avant d'être éjecté dans l'espace.

D'autres cas sont encore plus problématiques. Par exemple, supposons qu'une gigantesque étoile devienne un trou noir, si celui-ci est à moins de quatre années-lumière d'une civilisation alors, leur planète sera lentement, mais inévitablement aspirée par l'horizon des événements. Certaines, parmi ces énormes astres, deviendront plutôt des pulsars. Ces étoiles à neutrons diffusent de puissants jets qui peuvent détruire toute forme de vie si un tel monde est à proximité.

Angicride estimait qu'en plus, il serait judicieux de tenir compte de possibles formes de vies basées sur des matériaux organiques autres que les acides aminés. Par exemple, sur Atara l'eau a joué un rôle majeur lors de l'émergence de la vie.

Sur un monde plus froid, ce matériau est solide alors que les gaz naturels se présentent sous forme liquide. Serait-il possible que l'un d'eux agisse tel que l'eau sur Atara? Devant toutes ces circonstances, Angicride souhaitait demander l'aide d'experts en cosmologie et en biochimie. Les bâtisseurs ont reconnu la sagesse d'un tel choix et ils ont reporté cette réunion à une date ultérieure.

Le comité chargé de définir le nouveau protocole des explorateurs s'est ainsi agrandi. Plusieurs autres chercheurs y ont adhéré et ont assisté Angicride dans sa lourde tâche. Ils ont eu de nombreuses réunions et de multiples décisions ont été prises. Ils ont révisé bon nombre de leurs travaux et ils ont même changé d'idées à l'occasion.

Pendant ce temps, la situation dans le nord-est avait considérablement évolué. En ses temps libres, un jeune enseignant dans une école de base avait eu une idée qui était devenue très populaire. Riciquim avait suggéré que les trop lourdes taxes soient imposées partout sur le continent à la place d'une seule région.

Riciquim avait rallié des milliers d'individus à sa cause. Il avait même écrit un document qu'il avait fait parvenir à présidente Liliole. Il souhaitait maintenant organiser une manifestation monstre afin de remédier à la situation fiscale dans laquelle tous se retrouvaient. Le directeur de l'école où Riciquim enseignait songeait même à littéralement couper l'eau en raison d'un manque de budget. Il croyait que des toilettes chimiques seraient moins dispendieuses.

Après plusieurs mois de recherches, les bâtisseurs de l'Institut d'Exploration Planétaire ont implanté le nouveau protocole établi. En raison de la grande complexité des évaluations nécessaires, de nombreuses procédures automatiques avaient été encodées et la machine pensante pouvait désormais effectuer une bien meilleure évaluation. En plus de leurs travaux habituels, les explorateurs devaient exécuter tous ces processus avant d'être autorisés à passer au système solaire suivant.

Afin d'éviter que d'autres explorateurs soient confrontés à des problèmes similaires à celui qu'Angicride avait vécu, une zone de commentaires avait été incluse dans leurs rapports. Un comité, formé de Grands Penseurs, d'explorateurs et de bâtisseurs, devait étudier toutes les recommandations ainsi proposées.

Un second logiciel avait été conçu pour permettre à la machine pensante d'effectuer ces évaluations sur tous les systèmes solaires ayant déjà été étudiés par les explorateurs, mais avec l'ancien protocole. De cette façon, il n'était pas nécessaire de recommencer le lent et fastidieux projet de recherche qui visait à prouver l'existence de l'Être Suprême. Cela simplifiait grandement la tâche qui incombait aux explorateurs.

Leur relation avec la machine pensante permettait désormais une détection des difficultés ainsi qu'une amélioration du protocole en vigueur. De plus, les moyens employés rendaient possible la découverte de civilisations disparues. Tous croyaient qu'ainsi ils obtiendraient une image plus juste de la réalité dans l'univers. Angicride trouvait très inspirant que le fait de modifier les protocoles permit d'améliorer la relation entre les explorateurs et la machine pensante. L'idée d'altérer les cultes afin de parfaire la filiation avec l'Être Suprême commençait à germer dans son esprit.

Serait-il réellement possible pour un individu de discerner dans ses attitudes et son vécu les éléments qui l'éloignent de ce qui est divin et d'y apporter des changements? Pourrait-il ainsi s'approcher du Divin au point d'acquérir la sainteté et d'obtenir une meilleure représentation de la réalité?

Était-ce là le meilleur moyen pour établir une relation avec le Divin? C'est dans ses propres prières qu'elle débattait de la sagesse d'une telle proposition.

Pendant tout le temps que durèrent ses recherches, Angicride avait mené une vie en solitaire. Elle croyait que les citoyens d'Atara l'auraient probablement oubliée. En réalité, tous se souvenaient de son intervention lors de la manifestation devant les sièges sociaux du Consortium et de l'IRES ainsi que son discours lors de la première rencontre entre ces deux organismes. Nul n'avait oublié leur nouvelle héroïne.

Le référendum

Au nord-est du continent, les gens n'en pouvaient plus de toujours devoir faire attention à leur consommation d'eau potable. Dans la plupart des foyers, une large part du budget familial était destinée à cette ressource ce qui contraignait les habitants de cette région à un style de vie moins enviable que partout ailleurs sur le continent. Beaucoup se plaignaient d'être victimes d'une injustice.

Dans ses temps libres, Riciquim avait organisé la manifestation monstre qui rongeait son esprit depuis quelque temps déjà. Son objectif était de faire comprendre au gouvernement que l'indifférence devant une injustice pareille était inacceptable. Les citoyens du nord-est avaient les mêmes droits et les mêmes obligations que tous les autres. À ses yeux, il n'y avait aucune raison valable pour eux de subir une discrimination surtout de la part de ceux qui sont censés les représenter.

C'est par une belle journée ensoleillée que près d'un millier d'autobus sont partis de divers endroits de la région du nord-est pour se rendre dans la zone neutre devant le Congrès des Représentants.

Tôt le matin, quelques-unes d'entre elles avaient débarqué des centaines de manifestants. Puis, à chaque heure qui passait, elles continuaient d'arriver et le nombre de contestataires augmentait sans cesse. Si bien que vers seize heures, ils étaient environ quatre-vingts mille. Tous branlaient leurs pancartes, chantaient des chansons peu enviables pour le gouvernement ou criaient des insultes à leurs représentants.

Les trois signes de la main apparaissaient partout. Choisir la paix, pratiquer l'humilité et éradiquer la pollution de votre pensée comptaient parmi les dictons énoncés. D'autres manifestants tenaient des discours beaucoup plus radicaux et sévères.

Sur leurs pancartes, on pouvait lire des expressions comme « Changez la loi ou subissez la révolution », « Acceptez sans réserve le manifeste de Riciquim », « C'est à votre tour de subir une injustice », « Faut-il vous tuer pour faire respecter nos droits? »

Devant la taille exceptionnelle de cette manifestation, les forces de l'ordre s'avouaient déconcertées. Les policiers savaient Qu'ils ne pourraient pas contenir une telle foule si la situation devait dégénérer et à leurs yeux, il s'agissait d'une possibilité bel et bien réelle.

Tous les représentants régionaux craignaient d'aller dehors. Ils commençaient à avoir sérieusement peur de l'immense foule qui les y attendait. Riciquim avait délibérément fait parvenir, par courrier recommandé, un texte expliquant les propositions des manifestants. Les secrétaires de Présidente Liliole ne le lui avaient toutefois pas remis en main propre. Ils avaient perçu ce manifeste comme non prioritaire ou en dehors des affaires courantes.

En cette journée, la valeur de ce document venait tout juste de changer. Ce dossier revêtait maintenant une importance cruciale et les secrétaires fouillaient partout pour le retrouver afin d'en informer Présidente Liliole. Lorsqu'ils l'ont finalement récupéré, Capitaine Grynph entra dans l'édifice où se trouvaient les membres du gouvernement. Le visage du chef de la police laissait paraître une inquiétude dont l'intensité proposait des présages forts peu désirables pour les représentants. Grynph informa Présidente Liliole que l'attitude des manifestants semblait dégénérer. Pour lui, un moyen d'apaiser la foule devait être trouvé le plus rapidement possible. Présidente Liliole osa, alors, montrer son courage. Elle se rendit sur le balcon devant les manifestants en colère et leur demanda de se calmer.

Elle les informa que plus de temps lui était nécessaire afin de mieux étudier le manifeste de Riciquim. Elle leur dit qu'une meilleure compréhension de leurs revendications permettrait un passage plus rapide au travers la législation. S'il s'avérait que les idées énoncées étaient raisonnables alors, elles pourraient effectivement devenir une loi.

À ces mots, la foule s'est mise à l'applaudir, les manifestants avaient l'impression d'avoir marqué des points dans le conflit qu'ils menaient contre les représentants régionaux. Ils croyaient que ce n'était plus qu'une question de temps avant leur victoire finale.

Présidente Liliole s'est mise à étudier le manifeste de Riciquim. Elle trouvait que l'idée d'imposer une taxe sur l'eau à tous les citoyens d'Atara plutôt que seulement à ceux de la région du nord-est avait un certain mérite. Le gouvernement gérait déjà l'importation en eau potable de cette région et les changements que les manifestants souhaitaient apporter étaient tout à fait faisable. Il ne s'agissait que de mesures administratives et législatives.

Le Roi Tranasium fut également mis au fait de la situation. Présidente Liliole lui avait fait parvenir un exemplaire du manifeste de Riciquim et elle lui avait également expliqué le contexte qu'elle devait affronter. Roi Tranasium comprenait que les vies des membres du gouvernement étaient en danger. Il savait que Capitaine Grynph ne pourrait pas contenir la foule si les manifestants devaient mettre leur menace à exécution. Cependant, son rôle était de défendre les intérêts des citoyens. Il avait le pouvoir et le devoir d'imposer un moratoire sur tous les projets gouvernementaux qui défavoriseraient la majorité des gens. Dans son âme et conscience, les propositions incluses dans le manifeste de Riciquim requéraient une telle action.

En aucune circonstance, un roi digne de ce titre ne pouvait imputer des impôts à tous dans le but de soulager le fardeau fiscal d'une minorité. Pour venir en aide aux membres du gouvernement, Roi Tranasium eut l'idée de se rendre dans l'édifice où Présidente Liliole et les représentants régionaux étaient retenus contre leur gré. Il faut comprendre que le roi d'Atara ne se déplace jamais sans sa garde rapprochée. Capitaine Grynph fut très heureux d'accueillir les centaines de gendarmes dont la très enviable et bonne réputation de combattants d'élite était habituellement très élogieuse au sein de la population.

Le rapport de force entre les manifestants et les policiers penchait maintenant en faveur des autorités. Ce geste totalement inattendu de la part de Roi Tranasium rassura Présidente Liliole ainsi que les membres du gouvernement. Même les policiers avaient grandement gagné en confiance. Par contre, au sein des manifestants c'était une tout autre histoire. Le peu de confiance qu'ils accordaient à leurs représentants régionaux s'est atrophié au point de complètement disparaître. Désormais, les contestataires avaient l'impression que leurs vies étaient menacées et que jamais leurs revendications ne seraient considérées.

Présidente Liliole retourna sur le balcon et invita Riciquim à venir discuter avec elle et le roi. C'est avec beaucoup d'hésitation qu'il acquiesça à leur demande et c'est sous haute surveillance qu'il se présenta à la porte. Deux gardes rapprochés du roi et capitaine Grynph ont escorté Riciquim jusque dans une salle de conférence où Roi Tranasium et Présidente Liliole l'attendaient. Celle-ci l'informa que le gouvernement considérait sa solution au problème d'approvisionnement en eau potable de la région du nord-est comme étant tout à fait acceptable. Elle se disait prête à l'implanter sans délai. Puis Roi Tranasium expliqua que son rôle est de défendre la volonté du peuple.

Il se croyait dans l'obligation d'imposer un moratoire sur ce projet, car celui-ci nuisait à la majorité. Riciquim était en colère, il se leva brusquement et fit tomber sa chaise sur le sol. Il avoua au roi Tranasium et à Présidente Liliole qu'il savait que ses recommandations ne passeraient pas. Il leur dit que les quatre-vingt mille manifestants étaient disposés à sacrifier leur vie pour renverser un gouvernement indigne de leur confiance. Riciquim les informa qu'à sa sortie, il recommanderait aux insurgés de faire la révolution.

Roi Tranasium et Présidente Liliole étaient sens dessus dessous et ne savaient plus comment agir devant ce qui prenait de plus en plus l'allure d'une impasse insurmontable. Capitaine Grynph, qui était présent, se remémora la dernière protestation qui s'était déroulée devant les sièges sociaux de l'IRES et du Consortium. Il leur proposa de faire usage d'un médiateur pour résoudre leur conflit. En tant que tel, il ne suggérait nul autre que Prêcheur Angicride.

Cette idée plut énormément à Riciquim, à Présidente Liliole ainsi qu'au Roi Tranasium. Capitaine Grynph reçut leurs félicitations pour sa proposition d'une grande sagesse. Cependant, en son for intérieur Grynph se demandait comment Angicride allait réussir à dénouer cette impasse toutefois, il n'en parla à personne.

Sans hésitation, Présidente Liliole prit le téléphone et appela Grand Maître Walibim pour lui demander son aide. Quelques minutes plus tard, Riciquim se présenta sur le balcon pour informer les manifestants que Prêcheur Angicride était en route et qu'elle servirait en tant que médiateur. Il leur demanda de la laisser passer sans lui faire aucun mal.

Angicride avait pris le taxi que l'IRES lui avait fourni. Le chauffeur l'avait aidé à embarquer à bord de l'automobile et il avait mis ses affaires personnelles dans le coffre arrière.

Quelques heures plus tard, elle arriva finalement devant le Congrès des représentants. Son chauffeur sortit son fauteuil roulant et l'aida à s'assoir dessus. Capitaine Grynph et quelques policiers ont voulu l'escorter jusqu'à l'intérieur afin de lui permettre de converser avec le roi et la présidente toutefois, Angicride refusa. Elle prit d'abord le temps d'aller saluer quelques manifestants qui n'en revenaient tout simplement pas de la voir agir de la sorte. Angicride leur avoua que son cœur était avec eux. Elle considérait que les citoyens du nord-est subissaient effectivement une injustice. Plusieurs personnes lui ont expliqué les difficultés auxquelles ils se heurtent en raison du problème d'approvisionnement en eau potable.

Angicride trouvait déplorable que des atariens dussent choisir entre payer une lourde facture d'eau ou se procurer des médicaments pour leurs enfants. D'autres devaient marcher des dizaines de kilomètres chaque jour pour aller travailler simplement parce qu'ils ne pouvaient s'offrir l'achat d'une voiture. Au nord-est, il y avait même des gens qui dégageaient de fortes odeurs corporelles parce qu'ils ne pouvaient s'offrir le luxe de se laver plus d'une fois par semaine.

Environ une heure après son arrivée, Prêcheur Angicride se présenta finalement dans la salle de conférence. Avant d'entamer une conversation avec Liliole, Tranasium et Riciquim, elle demanda une copie de son manifeste afin de l'étudier. Elle voulut également un rapport sur toutes les activités du Consortium et de l'Institut d'Exploration Planétaire en ce qui concerne le problème en approvisionnement d'eau potable du nord-est. Puis, elle exigea d'être seule et tous durent quitter la salle de conférence. Riciquim retourna sur le balcon en arborant une allure d'étonnement et il informa les contestataires que Prêcheur Angicride prenait son rôle de médiateur au sérieux. Même le roi, la présidente et tous les représentants régionaux lui obéissent à la lettre. À ses mots, la foule était en délire et retrouvait un peu d'espoir d'obtenir gain de cause de façon pacifique.

Dans la salle de conférence, Angicride prit conscience que les gens ne l'avaient pas oublié. Même après un très long moment en retrait, sa notoriété demeurait incontestable et sa sagesse était toujours reconnue. En ce lieu, elle s'est mise à étudier le manifeste de Riciquim. Un des représentants de la région du nord-est avait trouvé le courage de la déranger pour lui apporter les rapports qu'elle avait demandés. Il les déposa sur la table devant elle et Angicride lui était très reconnaissante.

Après avoir pleinement pris conscience des revendications des manifestants, Angicride s'est mise à lire tout ce que le Consortium et l'Institut d'Exploration Planétaire avaient fait en ce qui concerne les recherches pour apporter une solution au problème d'approvisionnement en eau potable au nord-est.

C'est à ce moment qu'elle comprit que les Grands Penseurs, tout comme les Bâtisseurs, étaient devenus complètement démunis. Ils avaient très bien fait leur travail et avaient exploité toutes les possibilités qui s'étaient présentées à eux. Malheureusement, aucune ne s'est avérée efficace. Angicride avait même trouvé remarquable de voir qu'en désespoir de cause, ils avaient testé des hypothèses incertaines.

Après ses quelques heures d'étude et de lecture, Angicride formula le souhait de dormir, de méditer et de prier avant de rencontrer Présidente Liliole, Roi Tranasium et Riciquim. Celui-ci retourna sur le balcon pour informer les manifestants que Prêcheur Angicride avait terminé ses recherches et qu'elle était maintenant en réflexion. Tous les manifestants furent alors grandement satisfaits, car ils lui vouaient un profond respect et ils étaient certains que beaucoup de bien ressortirait de sa méditation. Certains pensaient même qu'ils allaient gagner leur cause.

Après huit heures d'isolement, Prêcheur Angicride prit un repas à la cafétéria et demanda finalement la réunion tant attendue. D'un ton très autoritaire, Angicride informa Présidente Liliole, Roi Tranasium et Riciquim qu'elle exigeait le respect et le silence de ses interlocuteurs. Chacun devait se taire pendant qu'elle parlait avec l'un d'eux et nul ne devait manifester de colère. Éventuellement, ils auraient tous la chance de s'exprimer librement.

Dans un premier temps, Angicride interrogea Présidente Liliole. Elle lui demanda d'éclaircir la position du gouvernement en ce qui concerne les revendications des manifestants.

Présidente Liliole l'informa que la plupart des représentants étaient favorables et que les changements suggérés par le manifeste de Riciquim ne requéraient que deux semaines pour être en vigueur. Toutefois, depuis que le roi a imposé un moratoire par son droit de véto, le congrès des représentants se voit dans l'obligation de ne pas légiférer en ce sens. Présidente Liliole s'avouait désolée par cette impasse.

Par la suite, Angicride fit quelques remarques au roi. Elle lui dit qu'elle trouvait toute à son honneur qu'il prenne ses responsabilités dans des circonstances aussi difficiles. Après tout, il est vrai que d'imposer des taxes à l'échelle continentale nuirait à la majorité des gens. En tant que protecteur du citoyen, un roi digne de ce titre se devait d'agir tel qu'il l'avait fait. Angicride lui demanda si, à la suite d'un référendum, les habitants choisissaient cette solution, allait-il quand même faire usage de son droit de véto ou se soumettre à la volonté du peuple? Roi Tranasium n'avait jamais envisagé cette possibilité toutefois, après quelques minutes de réflexions, il informa Angicride que ses responsabilités ne lui permettraient pas d'outrepasser la volonté du peuple. Peu importe le résultat d'un référendum, la décision de ceux qui votent serait respectée.

Toutefois, son moratoire continuerait de s'appliquer aux camionneurs. Leur désir d'augmenter leur salaire et d'ainsi améliorer leur vie était légitime, mais il ne devait pas nuire à la majorité.

Prêcheur Angicride fut grandement satisfaite par la réponse qu'elle avait obtenue de la part de roi Tranasium. Elle envisageait un référendum comme solution possible à la crise qui sévissait à l'extérieur et qui effrayait tous les représentants régionaux.

Finalement, elle se tourna vers Riciquim. Elle lui raconta que sa paralysie avait été causée par un accident de la route. Les médecins n'ont pas pu réparer sa colonne vertébrale et ceux qui ont le don de guérison se sont avérés incapables de lui venir en aide. Depuis, elle a dû apprendre à vivre ainsi. Il ne lui servirait à rien de manifester devant des centres hospitaliers, car même si les gens qui y travaillent souhaiteraient tous la voir marcher, aucun d'eux ne sait comment accomplir un tel exploit. Angicride fit remarquer à Riciquim que son histoire avait beaucoup de points communs avec celles des manifestants.

Ni les Grands Penseurs ni les Bâtisseurs ne savent comment résoudre le problème d'approvisionnement en eau potable dans le nord-est. Aucune manifestation ni même une rébellion ne pourraient changer ce fait. Tout comme pour Angicride, si la décision des citoyens allait à l'encontre des propositions des manifestants alors, ceux-ci n'auraient d'autre choix que d'accepter et d'accueillir la situation dans laquelle ils se trouvent. Angicride demanda à Riciquim si lui-même et les manifestants agiraient de la sorte. Riciquim ne savait vraiment pas quoi lui répondre. Il demanda alors un temps de réflexion et l'autorisation d'aller dehors pour consulter les gens qui l'avaient aidé dans l'organisation de la manifestation. Sous la recommandation d'Angicride, sa requête lui fut accordée. À l'extérieur, les manifestants ont, peu à peu, pris conscience que l'idée d'un référendum était discutée avec beaucoup d'intérêt. Ils apprirent également que Roi Tranasium ne s'opposerait pas à la volonté du peuple et que les membres du congrès étaient déjà favorables à l'implantation des propositions du manifeste de Riciquim. La plupart d'entre eux étaient ainsi grandement satisfaits.

D'un autre côté, la simple pensée d'accepter et d'accueillir une décision du peuple qui irait à l'encontre de leurs revendications avait comme un goût amer. Cette éventualité était fort peu désirable, mais quand même possible. Riciquim leur expliqua que parfois, aucun autre choix ne se présente et il se servit de l'exemple de l'infirmité d'Angicride pour convaincre les manifestants d'accepter cette proposition. Après plusieurs heures d'intenses débats dans les rues, Riciquim voulut, à nouveau, entrer dans l'édifice du Congrès des représentants. Cette fois encore, il fut escorté par deux gardes rapprochés du roi et par capitaine Grynph jusque dans la salle de réunion. En ce lieu, il informa Prêcheur Angicride que les manifestants approuvaient l'idée d'un référendum. Il avoua que tous espéraient vivement un résultat qui leur serait favorable, mais que dans le cas contraire, les gens finiraient, selon lui, par l'accepter et l'accueillir.

En tant que médiateur, Prêcheur Angicride avait toute l'autorité nécessaire pour ordonner au gouvernement de tenir un référendum sur l'imposition d'une taxe sur l'eau, et ce, dans les plus brefs délais possible. C'est précisément ce qu'elle fit sans la moindre hésitation. Par la suite, elle se rendit sur le balcon accompagné par Riciquim.

Lorsque les gens l'ont vu ainsi se rouler en ce lieu et prendre le microphone, ce fut le silence total dans l'immense foule de manifestants. Tous s'avouaient anxieux d'entendre ce qu'elle avait à leur dire.

« Je tiens à vous informer en personne que d'ici peu, il y aura un référendum à l'échelle continentale sur l'imposition d'une taxe sur l'eau potable. Comme tous les autres citoyens d'Atara, vous aurez alors le droit de voter et ainsi d'exprimer votre opinion. Bien que mon cœur vous soit acquis, la volonté du peuple, quelle qu'elle puisse être, sera respectée par toutes les parties concernées. Pour l'instant, agissez comme il convient de le faire et rentrez chez vous. »

À ces mots, Riciquim prit son téléphone et rappela les nombreux autobus. Par la suite, il fit usage du microphone et informa la foule que la manifestation était bel et bien terminée. Les contestataires n'obtiendraient rien de plus en continuant de perturber les affaires courantes de toute façon. Quelques heures plus tard, les autobus commençaient à arriver et les manifestants quittaient peu à peu les lieux.

Présidente Liliole, Roi Tranasium et même capitaine Grynph s'en sont trouvés grandement soulagés. Ils ont tous remercié et félicité Prêcheur Angicride pour son remarquable rôle dans le dénouement de cette crise majeure. En moins d'une journée, les quatre-vingt mille personnes qui s'étaient présenté devant le Congrès des représentants étaient toutes rentrées et la paix avait été pleinement restaurée.

Angicride se rendit dans sa ville natale au nord-ouest pour prendre quelques semaines de congé bien mérité. En ce lieu, elle ne manqua pas de visiter le groupe de prière où elle avait été nommée pasteure par nul autre que Grand Maître Walibim. Les fidèles étaient particulièrement fiers d'elle. Ils n'ont pas manqué de la féliciter pour ses récents exploits.

Deux mois plus tard, tous les citoyens d'Atara, qui avaient atteint l'âge de la maturité, étaient appelés à se rendre aux urnes. Sur les bulletins de vote, tous pouvaient lire une simple question et devaient répondre par un OUI ou par un NON selon leur opinion.

« Acceptez-vous que votre gouvernement impose une taxe sur l'eau à tous les citoyens du continent? »

___ OUI
___ NON

Devant la télévision, Prêcheur Angicride n'a pas hésité un seul instant à montrer son choix. Tous savaient qu'elle serait favorable ce qui s'était effectivement avéré être le cas. Les représentants régionaux du nord-est ont également agi ainsi et n'ont surpris personne en votant pour le clan du OUI. Même présidente Liliole avait voté favorablement. Roi Tranasium, pour sa part, avait montré son opposition. Il avait coché la case du NON et nul n'en fut étonné.

La journée du référendum avait débuté vers dix heures le matin. À dix-huit heures, les bureaux de vote ont fermé et le dénombrement commença une demi-heure plus tard. Dans la région du nord-est, le clan du OUI dominait largement, ce qui correspondait à ce que tous espéraient.

Dans les autres régions du continent, la bataille entre les deux clans soit celui du OUI et celui du NON n'était pas gagnée d'avance. Les citoyens ressentaient des émotions mixtes. Bon nombre souhaitaient vivement aider ceux qui demeuraient au nord-est toutefois, très peu d'entre eux désiraient en payer le prix. Ce n'est que vers les vingt-deux heures que le suffrage final fut révélé. Le clan du OUI n'avait récolté que quarante pour cent des voix alors que celui du NON en avait soixante.

Prêcheur Angicride était grandement déçu par ces résultats. Elle avait estimé judicieux de ne pas se manifester devant les caméras de télévision et les journalistes. À ses yeux, laisser les citoyens à eux-mêmes s'avérait une meilleure idée que de tenter d'orienter leurs décisions en dépit de leurs colères. Présidente Liliole ainsi que les représentants régionaux multipliaient les entrevues afin d'affirmer que la décision du peuple serait respectée. Tous disaient que le choix du peuple dictait l'attitude du gouvernement d'Atara et du roi.

Dans la région du nord-est, les résultats du référendum étaient bien mal perçus. Beaucoup de diplomatie était employée afin d'éviter de frustrer davantage les citoyens de ce lieu.

Roi Tranasium avait failli jeter de l'huile sur le feu lorsqu'il avait affirmé que la victoire du clan du NON était acceptable. Tous devaient s'y soumettre, car la volonté du peuple avait été clairement exprimée. Même s'il avait raison sur toute la ligne, ses propos furent très mal accueillis auprès de la population du nord-est. Son manque de diplomatie et de politesse avait généré plus de colère dans le peuple. Certains citoyens étaient sortis dans les rues et commençaient à arracher les compteurs d'eau en guise de protestation. Les policiers ont effectué plusieurs arrestations.

Pour régler ce litige, il a fallu l'intervention de Riciquim. Celui-ci s'était présenté dans une émission de télévision qui était très populaire. Il avait fait un appel au calme et il s'était avoué très impressionné par les paroles que Prêcheur Angicride lui avait dites lors de sa rencontre dans la salle de conférence du Congrès des Représentants. Celle-ci avait comparé son handicap à la situation que vivaient les gens du nord-est. Dans les deux cas, aucune rébellion, manifestation ou révolution ne permettrait de trouver une solution. L'idée d'accueillir et d'accepter ce que nul ne peut changer a un certain mérite, car cette attitude permet véritablement d'alléger le quotidien dans un contexte difficile.

Les gens ont fini par comprendre et se sont calmés. En dépit de leur colère, la prière demeurait la meilleure attitude afin d'outrepasser ce qui les affligeait. Prêcheur Angicride avait su inspirer toute la population, non seulement dans le nord-est, mais également partout sur le continent. Désormais, sa notoriété ne connaissait aucune limite. Quant au syndicat des camionneurs, le moratoire que Roi Tranasium leur avait imposé ne leur plaisait aucunement. D'un autre côté, ils comprenaient la nécessité d'un tel geste. Ils ont tout de même fait connaître leur opinion au gouvernement.

Malgré des négociations très ardues, le roi, le gouvernement et les camionneurs sont arrivés à une entente. Bien que celle-ci ne satisfasse personne, tous étaient conscients du fait que ces compromis étaient ce qui apportait la paix dans un contexte de plus en plus complexe et difficile à gérer. Les camionneurs devaient accueillir et accepter le gel de leurs salaires toutefois, ils ont obtenu des horaires plus flexibles et des vacances allongées.

Deuxième opinion des Grands Penseurs

Ce n'est que quelques mois après le référendum que le directeur général Paralym manifesta à nouveau son désir de révéler l'opinion des membres du Consortium. Il invita donc présidente Liliole, roi Tranasium, les membres de l'IRES, ceux de l'Institut d'Exploration Planétaire, les biologistes de la Bibliothèque des Espèces et tous les journalistes à participer à un second colloque. Le journal télévisé du réseau continental était également présent.

Les gens s'avouaient curieux d'entendre Paralym exprimer l'opinion des Grands Penseurs par contre, cette fois ils étaient bien plus intéressés de voir de quelle manière Prêcheur Angicride allait leur répondre. Son enviable réputation faisait en sorte que les citoyens d'Atara s'intéressaient davantage à elle qu'à Paralym. À l'heure prévue, celui-ci s'avança sur le podium en tenant dans ses mains un paquet de feuilles qu'il déposa sur le lutrin avant de prendre la parole.

« Depuis ses tout débuts, le Consortium fonde ses opinions sur la raison pure et simple. Les Grands Penseurs considèrent qu'une affirmation dont l'origine serait l'émotion ou la foi ne possède tout simplement pas suffisamment de valeur pour que sa validité soit reconnue d'un point de vue scientifique.

La raison est très souvent plus maniable que la foi. Au travers de l'histoire des Atariens, les membres du Consortium ont développé de nombreuses théories avant de les remettre en questions et d'en produire de nouvelles.

Les membres de l'IRES, par contre, ont plutôt persévéré jusqu'à ce jour. L'invariance de leurs croyances au travers de notre histoire a pourtant porté fruits. Les membres du Consortium se disent étonnés par ce fait.

Le compte des civilisations retrouvées est maintenant à neuf et moins d'un pour cent des systèmes solaires ont été évalués par les explorateurs. Il n'y a plus aucun doute possible, le Consortium reconnaît, désormais, l'existence de l'Être Suprême.

Nous pensons que dans la nature, il serait le gestionnaire du hasard. Quiconque souhaite démontrer son inexistence devra expliquer le nombre trop élevé de planètes où l'avènement de la vie prit forme. Les Grands Penseurs demeureront ouverts à cette éventualité.

Ils n'abandonneront pas pour autant ce qui leur a bien servi par le passé. Leurs opinions seront toujours fondées sur ce qui peut être déduit ou démontré. À leurs yeux, il est toujours impossible de discerner un hasard qui a pour origine la volonté de l'Être Suprême d'un autre qui ne serait que le fruit d'un aléa. Les flocons de neige, par exemple, ont six embranchements et sont toujours symétriques, mais aucun d'eux n'est identique.

Leur forme dépend-elle d'un souhait du divin ou de phénomènes fortuits de la nature ou encore un peu des deux? Bien qu'il existe plusieurs possibilités, nul ne peut affirmer posséder la vérité tout simplement parce que personne ne peut en faire la démonstration.

En apparence, il s'agit ici d'un fait remarquablement anodin et même insignifiant ou futile. Détrompez-vous. En réalité, cela reflète la difficulté majeure d'une opinion fondée essentiellement sur la foi. Parce qu'aucune justification ne peut être établie, toutes les possibilités seront reconnues et admises comme véridiques.

Le danger de la foi dans une société est qu'en plus de générer en même temps des opinions divergentes et des convictions profondes, elle exclut toutes possibilités de résoudre ces problèmes. De quoi dépend la forme des flocons de neige?

Si vous en êtes venu à les considérer comme sacrés parce que l'Être Suprême les sculpte un à un, vous pourriez croire que le Divin les place là où il le souhaite. Supposons que votre voisin athée les considère plutôt comme le parfait exemple d'un système chaotique, que leur forme est le fruit du hasard. Lorsque l'athée décide de pelleter sa cour, le croyant sera offusqué et la situation ne peut que dégénérer.

Si vous croyez toujours que cet exemple est anodin et futile, détrompez-vous encore une fois. Sur la planète HBU81455679, les frêles et les colosses ont tous les deux vécu l'expérience d'une réaction évolutive en chaîne. Cela signifie que sur leur monde, deux espèces distinctes sont devenues intelligentes. Ils pouvaient parler et ils étaient tout aussi conscients que les Atariens. Même s'il leur était possible de communiquer entre eux, ils s'en sont privés et ils ont préféré la voie de la guerre.

C'est en raison de leurs croyances en leur divinité et de ce qu'ils considéraient comme sacré qu'ils se sont mutuellement annihilés. Des histoires similaires peuvent être racontées au sujet des autres mondes découverts dernièrement.

En tous lieux et dans toutes les religions que nous avons pu observer à ce jour, nous retrouvons toujours les trois mêmes éléments. À savoir les cultes, les doctrines et le désir de s'approcher de l'Être Suprême. En général, les cultes sont comme le protocole que la doctrine prescrit pour s'approcher de la divinité.

L'an dernier, le protocole des explorateurs fut révisé parce que nous avons mis en évidence des situations où il n'était pas satisfaisant. C'est la raison qui nous a permis d'effectuer ces changements. Là où les cultes sont concernés, la foi interdit un tel geste. Par conséquent, si vous êtes dans l'erreur votre culte peut vous éloigner de votre but qui est de vous approcher du Divin.

Les doctrines religieuses ont souvent été établies par des saints ou des prophètes. Les paroles de tels personnages sont toujours figées dans le temps.

Par contre, leur interprétation ainsi que la culture dans lesquelles ces textes ont été écrits sont dynamiques. Au fil du temps, celle-ci est appelée à changer. Des incompréhensions peuvent très aisément naître ainsi que de mauvaises déductions. Après plusieurs siècles, il devient même possible d'employer de tels écrits pour justifier une action à l'encontre de la volonté du prophète qui l'a rédigé. La foi des gens d'aujourd'hui diffère de celle de son époque. Sur Atara, les affirmations du Prophète Sashim constituent un parfait exemple.

Celui-ci avait observé les signes de la nature tels que le fait que les objets célestes semblaient tournés autour d'Atara et que seules les femmes peuvent donner naissance. Sashim en avait conclu que les citoyens étaient les enfants de l'Être Suprême au point où nous avions été enfantés par lui. Il avait imputé aux femmes le rôle d'engendrer une progéniture et de veiller à l'organisation de la maisonnée.

Les mâles étaient des pourvoyeurs et responsables de l'éducation. De plus, c'est à lui que les Atariens doivent l'appellation de fidèles. Il leur avait inculqué la nécessité d'une obéissance absolue sous peine d'un châtiment divin tel l'écrasement d'un astéroïde.

Des siècles plus tard, ses observations allaient être expliquées autrement par la science. Atara n'étant plus au centre de l'univers, plusieurs citoyens ont remis en question la perception des croyants qui stipulaient que nous étions tous les enfants de l'Être Suprême.

Le rôle des mâles dans l'enfantement fut également mieux compris. Finalement, l'apport des deux sexes ne concordait pas avec la description de l'IRES. Ces faits ont engendré une profonde discorde entre les athées et les fidèles. Même si les travaux de Sashim étaient très honnêtes, les cultes qu'il proposait limitaient l'action Divine sur Atara. L'Être Suprême ne pouvait plus confier à un individu un rôle autre que celui que Sashim avait défini. Avec le temps, ces croyances ont eu besoin d'une sérieuse mise à jour.

Quant à la volonté de s'approcher de l'Être Suprême, le Consortium ignore complètement comment faire cela. Ce que nous avons observé, par contre, c'est que les gens d'HBU81455679 croyaient profondément être dans la bonne voie avant de s'autodétruire. Sur quel chemin sommes-nous? Avons-nous emprunté celui qui mène à l'Être Suprême ou celui de l'autodestruction? Comment faire pour en être certain?

Sur Atara, la culture propose le choix de la paix. Nos gènes ne nous confèrent aucun moyen de défense naturelle. Nous en avons conclu que nous sommes des animaux pacifiques. Dans bien des cas, nous mettons en pratique ce que notre culture nous enseigne. Malgré cela, les policiers des plages du sud sont confrontés à des problèmes de délinquance juvénile. Les gardes rapprochés du roi Tranasium constituent une armée indépendante des forces de l'ordre. Cette situation pourrait-elle dégénérer au point de causer notre perdition?

Les Atariens pratiquent l'humilité. Nous enseignons à nos jeunes que personne n'est grand et nul n'est petit. Nous sommes tous égaux même si certains sont plus talentueux ou riches. Notre mode de vie nous fait également commettre des injustices. Au sud-ouest du continent, l'eau potable est gratuite, mais au nord-est, c'est une commodité dispendieuse. Cela va-t-il causer notre perte?

Nous tentons d'éradiquer la pollution de la pensée. Dans bien des situations, nous préférons discuter ou débattre respectueusement de nos idées plutôt que d'imposer notre volonté. Dans d'autres cas, nous avons même un signe de la main pour nous aider à éliminer tous nos préjugés et nos partis pris. En même temps, les nordistes brûlent le corps de leurs défunts sur des bûchers funéraires et ils lancent des copeaux de bois pour aider le mort à trouver son chemin vers le paradis.

Les sudistes, quant à eux, déposent leurs dépouilles dans des trous qu'ils ont préalablement creusés puis ils les ensevelissent en espérant que ces corps redeviennent du sol, du feu, de l'air et de l'eau. De plus, un grand nombre d'entre nous considèrent la collection de statues hébergées dans le hall des récipiendaires du prix Opel comme sacrée. En dégénérant, ces croyances irrationnelles pourraient-elles causer notre perte? En dépit de tout ce que nous faisons de bien ou de mal, si la situation concernant le cancer progresse, nous ne pourrons survivre de toute façon.

Aujourd'hui, les biologistes de la Bibliothèque des Espèces sont incapables d'éradiquer ce fléau. Aucun projet de recherche ne permet d'entrevoir la possibilité que cette déplorable situation soit sur le point de changer. Allons-nous vers notre perdition, peu importe ce que nous faisons?

Choisir la paix, pratiquer l'humilité et éradiquer la pollution de la pensée sont des attitudes favorables aux citoyens parce qu'elles correspondent à ce que la nature prescrit.

Il est possible d'en déduire que c'est là ce que le Créateur souhaite pour nous. Nous serions en droit de penser que nous avons emprunté le chemin qui mène à l'Être Suprême. Pourtant, ces comportements sont accompagnés par d'autres qui s'y opposent.

Les réflexions et les observations des Grands Penseurs les poussent à croire que ceux qui s'approchent de l'Être Suprême le font avec la même ardeur et le même dévouement que ceux qui s'en éloignent. Sommes-nous, aujourd'hui, en train de nous en approcher ou de nous en éloigner?

À chaque étape de notre histoire, le mode de vie des Atariens était considéré comme conforme à la volonté de l'Être Suprême. Pourtant, celui qui est le nôtre aujourd'hui fut forgé par des gens qui ne l'ont pas respecté.

À une époque, les nordistes percevaient les sudistes comme des êtres inférieurs et ceux-ci qualifiaient cette attitude de déplorable.

Pourtant, tous se disaient conformes à la volonté de l'Être Suprême. Le Général Carouk devait faire la guerre, mais il a plutôt choisi la paix. Ce rebelle est aujourd'hui un pilier de la civilisation Atarienne.

Il fut un temps où les grands penseurs nordistes et sudistes étaient censés posséder presque toute la noblesse de l'Être Suprême. Grand Penseur Arislart leur proposa de pratiquer l'humilité et de rechercher la vérité à la place. Encore une fois, ce rebelle est un autre pilier de notre société.

Que dire de Natar et de Ciellus? À leur époque, les membres de l'IRES étaient obligés de vivre leur foi dans le plus grand secret. Les athées considéraient l'attitude des fidèles comme trop perturbatrice. Leurs rites étaient même proscrits et quiconque s'affichait en tant que croyant, en subissaient les lourdes conséquences. Ceux-ci devenaient instantanément exclus dans la société.

Il a fallu le génie de Ciellus ainsi que la rébellion de son père, qui était le Grand Maître de l'IRES, pour remédier à cette déplorable situation.

Puisqu'au cours de son histoire la culture atarienne s'est vue modifiée par des rebelles, on peut se demander qui s'approche véritablement de l'Être Suprême. Est-ce les rebelles ou les conformistes? Qui peut vraiment dire comment accomplir un tel exploit? Sur quelle base peut-on fonder une opinion à ce sujet?

Les membres du Consortium ne savent tout simplement pas comment répondre à ces questions. Les Grands Penseurs ne sont pas convaincus qu'il en soit autrement pour les gens de l'IRES. Selon ce que nous voyons chez d'autres civilisations, c'est pourtant une question de survie. »

Après ce discours, directeur général Paralym reprit ses feuilles et retourna s'assoir sur son fauteuil. En cet instant, il ressentait des émotions mixtes. Il comptait sur la réponse d'Angicride tout en la redoutant. Dans son esprit, celle-ci devait constituer un événement parmi les plus mémorables de tous les temps. Tous les yeux des gens qui étaient dans la salle se sont alors tournés vers Prêcheur Angicride. Tous espéraient qu'elle offre une réplique aux Grands Penseurs et qu'elle leur enseigne comment s'approcher de l'Être Suprême.

À cet instant, Angicride paraissait songeuse et en prière. En réalité, elle venait de comprendre en quoi consistait sa véritable mission. Lors de sa rencontre avec Papa, celui-ci lui avait dit « **Toi qui connais ma volonté, tu seras celle qui la révèlera** » et voilà que maintenant toute la population d'Atara s'attendait à ce qu'elle fasse exactement cela. Son seul problème c'est qu'elle ignorait totalement quoi leur dire.

Certes, l'entraide est préférable à la guerre, l'amour à la domination, la liberté à l'esclavage, l'esprit ouvert aux pensées rigides, mais était-ce là tout ce que la volonté de Papa prescrit? N'y avait-il rien de plus? Que voulait dire Papa en affirmant « **Toi qui connais ma volonté** »? L'Être Suprême disait d'Angicride qu'elle possédait ce savoir toutefois, il n'avait jamais exprimé ce que sont réellement ses désirs!

De plus, ses récentes recherches sur le protocole des explorateurs avaient même mené ses pensées dans une direction s'apparentant à celle des membres du Consortium. Comment s'approcher de l'Être Suprême? Comment faire pour savoir si nous sommes dans la bonne voie? Que dire à tous ces gens qui n'attendaient qu'un simple discours provenant d'elle? Telles étaient les questions qui rongeaient son esprit à ce moment.

Grand Maître Walibim était, lui aussi, très troublé par le discours de Paralym. L'importance des enjeux était indiscutable et la force de la logique des Grands Penseurs pesait très lourd dans son cœur. De plus, à la vue d'Angicride son inquiétude s'accrut considérablement. Son puissant don de discernement lui permit de comprendre ce qu'elle vivait dans son for intérieur. Dans le but de lui venir en aide, il se leva de son siège et fit quelques pas vers le podium. Contre toute attente, Walibim s'écroula au sol et s'évanouit. De ce fait, la conférence fut interrompue.

Les services de sécurité ont accouru à son aide et ont dû pratiquer les premiers soins. Ils lui ont donné la respiration artificielle et lui ont également fait un massage cardiaque. L'un d'eux a fait venir l'ambulance et quelques autres ont guidé les premiers répondants vers lui. C'est sur une civière que Walibim sortit de la salle de réunion.

Prêcheur Angicride s'avança alors vers le microphone et s'avoua perturbée et inquiète par ce qui arrivait à Grand Maître Walibim. Elle demanda à présidente Liliole qu'on lui alloue un peu de temps avant de répondre aux membres du Consortium.

Puis, elle se mit à pleurer. En réalité, tous ceux présents dans la salle partageaient ses émotions. Même ceux qui regardaient cet événement sur le réseau continental étaient sans voix et sous le choc du moment. Chacun était tout aussi désolé et inquiet qu'Angicride.

Sa requête lui fut accordée sans la moindre hésitation et présidente Liliole mit un terme à l'assemblée. Viermous et Rakachi ont aidé Angicride à descendre les escaliers et ils l'ont reconduit à l'hôpital où l'ambulance avait amené Walibim. En ce lieu, ils ont appris que celui-ci avait fait une crise cardiaque et qu'il était en salle d'opération.

Viermous, Rakachi et Angicride se sont alors installés dans la salle d'attente et pendant plusieurs heures leurs prières accompagnaient les chirurgiens. Tous espéraient un prompt rétablissement et Angicride ressentait le besoin de recevoir les précieux conseils de son Grand Maître. Le puissant don de discernement de Walibim lui aurait sans doute été très utile pour offrir une réponse adéquate aux membres du Consortium. Soudain, la porte de la salle d'opération s'ouvrit et le médecin, vêtu d'un uniforme vert taché de sang, en sortit. Il s'avança vers eux avec une allure désolée pour leur révéler le décès de Grand Maître Walibim.

À ces mots, Angicride ne put retenir ses émotions et elle s'effondra en larmes. Rakachi éprouvait, lui aussi, beaucoup de peine. Il avait consacré toute sa vie à la cause que défendait Grand Maître Walibim. La complicité qui régnait entre eux avait engendré des liens d'amitié qui venaient de s'éteindre en ce jour fatidique. Même Viermous était sérieusement attristé de voir ses amis dans le deuil. Ensemble, ils ont quitté les lieux et chacun s'en est retourné chez lui.

À la sortie de l'hôpital, les journalistes, qui les attendaient, ont vite compris la gravité de ce qui se passait. Ils ont interrogé les médecins responsables de la chirurgie et en un rien de temps, toute la population d'Atara apprit la triste nouvelle. Les titres des journaux disaient « **Grand Maître Walibim n'est plus** ».

L'IRES a alors organisé les funérailles de leur dirigeant. Quelques jours plus tard, Walibim fut installé sur un bûcher funéraire et son corps fut brûlé. Beaucoup de fidèles et de citoyens athées ont jeté des copeaux de bois en guise de respect et pour apporter un sentiment de finalité afin de les aider dans leur deuil. Présidente Liliole et roi Transasium ont également voulu faire de même. Les journalistes n'ont pas manqué de remarquer que Paralym portait des lunettes soleil pour cacher sa peine.

Bien qu'il n'y fût pour rien, les circonstances entourant le décès de Walibim faisaient en sorte qu'il se sentait coupable.

Pratiquement tous les Prêcheurs ont également lancé un copeau de bois. Même les pasteurs en ont fait leur devoir de participer à cet événement. Angicride ne manqua pas à l'appel elle non plus. Cependant, en raison de son fauteuil roulant et du feu ardant, Pasteur Rakachi lui avait prêté main-forte. C'est ensemble qu'ils ont chacun lancer leur copeau de bois.

Le protocole de l'IRES, dans de telles circonstances, spécifiait que le plus vieux des prêcheurs devenait momentanément Grand Maître par intérim. Toutefois, sa seule et unique responsabilité était d'organiser un conclave. Tous les autres prêcheurs devaient immédiatement cesser leurs activités tant que de nouvelles instructions de la part de celui qui remplacerait le défunt Grand Maître n'auront pas été émises. Pour cette raison, Prêcheur Angicride ne pouvait plus poursuivre son dialogue avec le Consortium.

Le conclave

Environ une semaine plus tard, tous les prêcheurs furent conviés au siège social de l'IRES. En conformité avec leur protocole, c'est à huis clos que se tint la rencontre des Prêcheurs. En guise d'ouverture du conclave, ensemble, ils partagèrent quelques bons moments que chacun avait passés en compagnie de Walibim. Puis, ils se sont mis à prier tout en demandant à l'Être Suprême de choisir les meilleurs candidats pour devenir le prochain Grand Maître de l'IRES.

Leurs traditions stipulaient que le plus vieux des prêcheurs ne pourrait pas être élu et qu'il devait plutôt servir en tant que superviseur de cette noble assemblée. Celui-ci demanda donc à tous de s'isoler, de prier individuellement et d'inscrire sur une feuille de papier le nom d'un Prêcheur qu'il percevait comme l'aspirant idéal pour remplacer Walibim. Par la suite, le doyen devait effectuer un décompte et les trois noms ayant récolté le plus de votes devenaient candidats. Cette procédure n'avait jamais failli depuis la fondation de l'IRES.

Prêcheur Angicride avait demandé une dérogation, car elle souhaitait s'abstenir de voter. Elle se qualifiait d'inadéquate en raison de sa trop récente nomination en tant que Prêcheuse. De plus, la tâche qui lui incombait depuis ce jour ne lui avait pas permis de bien connaître tous ses confrères. Elle leur avait avoué toute sa tristesse et son désarroi, puisqu'elle avait littéralement vu Grand Maître Walibim mourir sous ses yeux et son infirmité l'avait empêché de faire quoi que ce soit pour lui venir en aide. Elle se disait stressée par la réponse qu'elle devait fournir dans le cadre des discussions avec le Consortium. Tous ses faits engendraient chez elle un état émotionnel qui pouvait fausser son opinion ou altérer son jugement.

Le doyen des prêcheurs lui avait accordé sa requête sans aucune objection. Tous les prêcheurs étaient touchés par ce geste qu'ils qualifiaient de très humble. Ils comprenaient aisément les émotions macabres qui envahissaient le cœur d'Angicride. Ils savaient que dans les circonstances entourant le décès de Walibim, ses restrictions physiques pouvaient engendrer des pertes de confiance en elle-même. Quant à la réponse qu'elle devait fournir au Consortium, personne ne souhaitait prendre sa place.

À l'extérieur du siège social de l'IRES, les journalistes ne pouvaient s'empêcher de tenter de prédire qui serait le prochain Grand Maître. Aucun d'eux ne considérait la candidature d'Angicride comme étant probable. Les trois noms qui ressortaient du lot étaient Prêcheur Cralink qui travaillait à aider les malades et les handicapés. Son puissant don de guérison faisait de lui un bon candidat selon les commentateurs. Prêcheur Hirchdok était un prédicateur de premier ordre. Son don de prophétie était reconnu de tous et il conférait toujours de précieux conseil à ceux qui lui en demandaient. Finalement, Prêcheur Barnik était la troisième candidature dont le nom circulait. Celui-ci voyageait d'un groupe de prière à l'autre et aidait les gens à accepter et à accueillir ce qu'ils ne pouvaient changer. Il offrait un service de discernement afin de différencier ce qui pouvait être altéré de ce qui était inaltérable. Sa bonté et sa joie de vivre lui avaient conféré une réputation d'un mâle fort sympathique qui possédait un puissant don tout comme défunt Grand Maître Walibim.

Après un court moment, le doyen des prêcheurs avait terminé le dénombrement. Puis, il s'avança au milieu de la salle pour permettre à tous de le voir et de l'entendre.

Plusieurs semblaient s'interroger, car il arborait une allure qui suggérait un certain malaise. Nul n'en comprenait la véritable raison. Pour la première fois dans l'histoire de l'IRES, un seul candidat faisait l'unanimité. Lorsqu'il révéla ce fait aux autres en admettant ne pas savoir quoi faire, tous comprirent son embarras et ils se mirent à rire.

Bien sûr, tous les prêcheurs connaissaient le candidat en question à l'exception d'Angicride. Le doyen leur proposa donc de demander à cette personne si elle accepterait de devenir le prochain Grand Maître de l'IRES. Les prêcheurs ont tous été sympathisants à cette proposition.

Le plus vieux prêcheur se dirigea alors vers Angicride pour lui demander si elle acceptait. Ce fut la surprise totale pour elle, jamais elle n'avait pensé devenir même candidate et voilà qu'elle faisait l'unanimité. Elle demanda quelques instants pour méditer et prier. Pendant son silence, il lui est venu à la mémoire une phrase que Papa lui avait dit « **je t'ai choisi** ». Certes, l'attitude des Prêcheurs qui prétendaient faire la volonté de l'Être Suprême semblait confirmer les paroles de Papa.

Puis, Angicride se souvenait du regard que les gens posaient sur elle après le discours de Paralym. Tous souhaitaient vivement qu'elle leur enseigne en quoi consiste la véritable volonté de l'Être Suprême. Papa lui avait bel et bien dit « **Toi qui connais ma volonté, tu seras celle qui la révèlera** ». Angicride demanda à ses confrères si, en tant que Grand Maître de l'IRES, elle pourrait poursuivre le dialogue avec le Consortium.

Encore une fois, tous les Prêcheurs se sont mis à rire. Le doyen lui répondit qu'en tant que Grand Maitre de l'IRES, elle aurait l'autorité nécessaire pour agir tel qu'elle estimerait convenable. Elle bénéficierait du support de tous les prêcheurs et de tous les pasteurs, mais elle devait d'abord accepter de devenir le nouveau Grand Maître de l'IRES. Angicride était perturbé et elle hésitait beaucoup, car elle ne savait pas si elle pouvait faire confiance en son propre jugement. Elle avait refusé de voter et voilà qu'elle devait choisir de devenir la chef de tous les prêcheurs et de tous les pasteurs. Tous ceux qui étaient dans la salle avaient perçu son embarras.

Prêcheur Hirchdok se leva et demanda de prendre la parole, le doyen lui accorda sa requête. Il expliqua à Angicride que Walibim avait toute sa confiance. Dans son passé, le don de discernement de son ancien Grand Maître lui avait été fort utile. Walibim disait d'Angicride que l'Être Suprême était avec elle et il lui fit remarquer qu'elle était la seule parmi eux qui avait reçu le titre de Grand Penseur et qui savait répondre aux membres du Consortium. Selon son jugement, personne d'autre ne pouvait occuper ce poste.

Un à un, tous les prêcheurs se sont levés pour manifester leur approbation. Tous ont promis à Angicride de lui accorder leur dévotion sans réserve si elle acceptait. Les gestes des prêcheurs l'avaient grandement touchée et c'est en pleurant qu'elle accepta de devenir le prochain Grand Maître de l'IRES. En cet instant, elle fit la joie de tous ceux qui étaient présents dans la salle. Après avoir revêtu l'habit blanc qui, selon la tradition, convenait à un nouveau Grand Maître de l'Institut de Relation avec l'Être Suprême, elle se roula jusqu'à la balustrade où la foule attendait de voir qui remplirait ce rôle.

À la vue de son amie sur le balcon, Viermous fut grandement surpris. Pasteur Rakachi n'en croyait tout simplement pas ses yeux lui non plus. Jamais il ne leur était venu à l'esprit qu'une femme handicapée pouvait devenir Grand Maître de l'IRES. De plus, d'autres candidatures paraissaient beaucoup plus appropriées pour penser que celle d'Angicride pouvait être retenue. En dépit de leur étonnement, Rakachi et Viermous s'avouaient très heureux pour leur amie.

La foule applaudissait sans relâche. Tous les citoyens d'Atara approuvaient ce choix et ils exprimaient des sentiments d'admiration et de gratitude à l'endroit d'Angicride et de l'IRES.

La complicité qui s'était établie entre elle et les citoyens culmina. De l'autre côté de la rue, Paralym, le directeur général du Consortium, croyait de plus en plus que la réponse d'Angicride à l'opinion des membres de son établissement constituerait un discours sans précédent dans l'histoire d'Atara.

Grand Maître Angicride prit finalement la parole et promit de poursuivre son dialogue avec le Consortium. Elle avoua qu'en raison de tous les récents événements, un peu plus de temps lui était nécessaire.

Elle demanda à la population de faire preuve de patience, car une réponse appropriée était en bonne voie. Après être retournée dans ses appartements, Angicride prit un peu de repos afin de méditer et de prier. Elle réfléchissait à la façon de répondre aux membres du Consortium et faisait son deuil.

Pendant ce temps, les administrateurs de la salle de conférence de la zone neutre ont installé une rampe au côté de l'escalier qui mène sur le podium. Ces travaux de construction ont même fait les manchettes. Dans une entrevue télévisée sur le réseau continental, ils affirmaient qu'ils seraient prêts pour accueillir Grand Maître Angicride chez eux.

Cela donna l'idée à un grand nombre de citoyens dans la population. Beaucoup de propriétaires de restaurant ont également installé de telles rampes.

Des centres hospitaliers ont fait de même ainsi que plusieurs écoles. Beaucoup d'édifices gouvernementaux, les musées et la plupart des attractions touristiques ont également réalisé ces mêmes travaux de construction. Même un bon nombre de propriétaires de maisons privées ont choisi de remplacer les escaliers de leur domicile. La plupart des gens souhaitaient manifester leur complicité avec Grand Maître Angicride. Cet engouement prenait de plus en plus d'ampleur.

Dans la population, un nouveau dicton stipulait « Nous sommes prêts pour Grand Maître Angicride ». Des écussons étaient portés par plusieurs et de nombreuses affiches pouvaient être vues partout sur Atara. Ces faits ont été rapportés à Angicride qui les accueillait comme une confirmation de sa véritable mission.

La réponse d'Angicride

Quelques mois après sa nomination en tant que Grand Maître de l'IRES, Angicride demanda à ses assistants d'organiser une rencontre avec le Consortium. Elle avait passé tout ce temps en prière et en méditation simplement afin de comprendre la signification de « **Toi qui connais ma volonté** ». Selon son interprétation, Papa ne lui avait jamais dit en quoi consistaient ses désirs. À la place, il le lui avait simplement montré en lui faisant vivre une rencontre personnelle avec lui. Elle se disait maintenant prête à offrir une réponse. Présidente Liliole, roi Tranasium, les membres de l'IRES, ceux du Consortium, les bâtisseurs de l'Institut d'Exploration Planétaire et les biologistes de la Bibliothèque des Espèces étaient tous invités.

Les journalistes tenaient avidement papiers et crayons en leurs mains. La télévision diffusait cet événement sur le réseau continental et la population était rivée sur les écrans pendant cette émission spéciale. Tous attendaient avec impatience l'arrivée de Grand Maître Angicride.

C'était là sa toute première sortie officielle en tant que dirigeante de l'Institut de Relation avec l'Être Suprême. Paralym, le directeur général du Consortium, ne savait vraiment pas ce qu'il convenait d'espérer en de telles circonstances. Il s'attendait à un moment d'une envergure sans précédent. Selon lui, c'est en cet instant que, pour la première fois de l'histoire de la civilisation Atarienne, les citoyens allaient enfin établir un véritable lien avec l'Être Suprême. Aidé de Pasteur Rakachi, Angicride profita de la rampe qui avait été construite simplement pour elle, et s'installa sur le podium. Puis elle demanda à son ami Rakachi de rester près d'elle et prit la parole.

« Je remercie les administrateurs de cette salle de rencontre ainsi que les constructeurs de cette rampe qui me facilite grandement la tâche. Je tiens à offrir mes plus sincères salutations à tous ceux qui se disent prêts à accueillir mes propos en cette belle soirée. Vos gestes de compassion et de complicité de ces derniers mois m'ont profondément touchée.

Les questions que se pose le Consortium reflètent une incompréhension de ce qu'est la volonté de l'Être Suprême. Sommes-nous dans la bonne voie? Qu'elles sont ses désirs pour nous? Comment faire pour en être certain? Le besoin de connaître et de comprendre la volonté de notre créateur peut aisément être discerné dans la population. Les injustices concernant l'eau potable dans le nord-est, les problèmes de délinquance juvénile des plages du sud et même les difficultés de santé publique que représente le cancer sont indéniablement des signes montrant une telle nécessité. Il est vrai que la foi engendre en même temps des divergences d'opinions et des convictions profondes. Ce fait est bien souvent un prélude au malheur. Il est également conforme à la réalité que ceux qui s'approchent de l'Être Suprême le fassent avec autant de dévouement et d'ardeur que ceux qui s'en éloignent.

La lumière et la logique ont un point en commun. Tous deux constituent le seul et unique moyen d'éliminer ce qui se produit en leur absence. Par exemple, seule la lumière peut enlever la noirceur et seulement la logique peut détruire ce qui est irrationnel. D'une certaine façon, il est raisonnable d'affirmer que seule la clarté peut retirer un individu des ténèbres dans lesquels il se retrouve. Cela peut se faire en rendant l'Être Suprême responsable de la foi qui vous anime.

Pourquoi l'Être Suprême aurait-il permis l'émergence de plus de civilisations que les aléas de la nature ne sont capables d'en produire? Cela nous indique que notre vie à une grande valeur pour lui. Pourquoi la plupart vont-elles s'autodétruire sinon que notre liberté en a tout autant? Pourquoi nous a-t-il créés?

La création n'est pas un événement qui s'est produit dans un lointain passé. Elle doit plutôt être perçue comme un processus en cours. D'un point de vue strictement matériel, l'opinion des Grands Penseurs semble conforme à la réalité. Ceux-ci disent que dans la nature, rien ne se crée et rien ne se perd. Pourtant, je n'existais pas avant ma naissance et ce que je suis devenue ne se perdra pas après ma mort. C'est cela la création.

Nous pouvons dire de l'Être Suprême qu'il est le gestionnaire du hasard. Cela signifie que, sans désobéir aux lois de la nature qu'il a lui-même créées, il peut faire ce que bon lui semble et que rien ne lui est impossible. Dès l'instant où vous estimez sa puissance, vous la sous-estimez.

La valeur qu'il accorde à notre vie et à notre liberté n'est pas sans nous rappeler la relation d'un parent avec ses enfants.

En produisant plus de civilisations que les aléas de la nature ne le permettent, l'univers s'est effectivement avéré être telle une pouponnière.

La mort de chacun d'entre nous est inévitable. Cela signifie que tôt ou tard, nous allons tous rencontrer Papa en personne. Une rencontre personnelle avec lui constitue le fondement même de sa volonté et nous ne disposons que d'une seule vie pour s'y préparer.

Le choix de la paix, la pratique de l'humilité et l'éradication de la pollution de la pensée sont des attitudes qui correspondent à la nature même de tous les êtres dont l'espèce a subi une réaction évolutive en chaîne. L'application de ces principes dans la vie de tous les jours constitue un très bon moyen de s'entraîner pour notre présence au paradis. Sur Atara, aucun d'entre nous n'atteindra la perfection. Seul un face à face avec Papa peut nous changer à ce point et cela ne se produit qu'après notre mort.

Pourtant, l'Être Suprême ne désire pas que nous mourions, il souhaite plutôt que nous vivions. Comme rien ne lui est irréalisable, il n'est pas nécessaire de décéder pour le rencontrer. Cela peut se faire de notre vivant.

L'établissement d'une relation avec lui constitue l'objet de ses aspirations les plus profondes. Toutefois, soyez assuré qu'il respectera votre liberté. Celle-ci lui est très précieuse. C'est à nous qu'il revient de lui manifester notre intention de mieux le connaître et c'est ainsi que l'établissement d'une intimité avec le Divin prend forme. Un tel avènement est toujours accompagné d'un signe irréfutable. Celui qui vit cette expérience devient littéralement un témoin de l'impossible.

Si vous êtes d'ores et déjà dans la bonne voie, cet événement vous apportera la joie, la paix et la sérénité comme vous ne l'avez jamais vécu auparavant. Si vous faites fausse route, vous serez alors grandement perturbé. Par contre, en recevant votre mission, vous serez appelé à prendre la bonne direction, c'est-à-dire celle qui mène vers l'Être Suprême ou Papa. Ce n'est qu'ainsi que vous connaîtrez réellement le chemin qui est le vôtre. Celui-là même que l'Être Suprême vous réserve. Ce n'est que ce chemin qui vous mènera vers la plénitude de votre être.

Une rencontre personnelle avec le Divin engendrera d'importants changements dans votre vie. Même si l'Être Suprême n'a aucun besoin qu'on lui voue un culte, certains d'entre nous seront appelés à se conformer à un tel protocole.

D'autres seront rebelles et ressentiront un dégoût devant ce genre de rituel. Cela dépend, de qui vous êtes et aucune relation avec lui n'est plus digne qu'une autre. Aucun d'entre nous n'a plus de valeur à ses yeux qu'un autre. Vous êtes les enfants de l'Être Suprême que vous soyez conformistes ou rebelles. Dans les domaines des sciences, les théories sont appelées à être modifiées ou réévaluées lorsque des mesures plus précises sont obtenues ou lorsque de nouvelles évidences émergent par observations. Il doit en être ainsi pour toute doctrine religieuse établie par un prophète ou un saint. Aucun texte, aucune idéologie ou même une doctrine provenant de l'Être Suprême ne peut vous priver de votre liberté ou de votre vie, et ce, même si ces philosophies sont authentiques ou tirent véritablement leurs origines d'une intervention divine.

La conformité ou le rejet d'une doctrine religieuse peut et doit être modulé par une rencontre personnelle avec l'Être Suprême. L'obéissance absolue doit toujours demeurer une question de choix.

L'obéissance partielle est empreinte d'une digne authenticité et la désobéissance complète peut être un signe de sagesse ou une manifestation de votre liberté. Même si l'Être Suprême est éternel, ses enseignements ne sont que pour les gens qui les reçoivent à l'époque où elles sont émises.

En raison des changements culturels au fil des siècles, elles perdent nécessairement un peu de leur pertinence et peuvent souffrir d'un besoin d'une mise à jour.

Si vous priez et que vous demandez une faveur à l'Être Suprême et que celui-ci vous l'accorde alors, le hasard vous favorisera. Vous pourrez ainsi distinguer un aléa qui a pour origine sa volonté d'un autre qui ne serait que le fruit du hasard. C'est par l'expérimentation que l'on arrive à faire ce qui est inconcevable aux Grands Penseurs. C'est également ainsi que les véritables témoins de l'impossible développent leur intimité avec le Divin.

Si vous affirmez croire en l'Être Suprême car vos parents vous ont inculqué la valeur du respect des cultes alors, vous adhérez davantage à l'enseignement de vos proches qu'en Papa. Cette attitude paraît très bien cependant, elle s'apparente étrangement à celle des habitants de la planète HBU81455679.

Ce qui leur aurait été nécessaire peut également l'être pour les Atariens. En tant que Grand Maître de l'IRES, je propose à toute la population d'Atara de participer à une expérience. Dans vos prières, demandez une rencontre personnelle avec l'Être Suprême. Manifestez-lui votre intérêt pour devenir témoin de l'impossible. Dites-lui ce que votre foi n'admet pas puis informez-le que vous ne pourrez croire en lui tant qu'il ne vous aura pas exaucé. Vous lui accorderez ainsi le rôle que Papa souhaite prendre dans votre vie. En tous points, soyez vrai, car vous ne pouvez le tromper ou le duper de toute façon.

En attendant qu'il se manifeste, si votre prière vous revient à l'esprit alors, dites-lui qu'il vous tarde d'être exaucé.

Sa réponse peut prendre des jours, des mois et même des années à venir, mais cela améliorera vos vies. Quand ce sera fait, publiez un vidéoclip explicatif sur le réseau continental et décrivez ce que Papa aura fait pour vous. Ainsi, nous en deviendrons tous témoins.

Si par malheur, vous êtes incapables de faire une telle prière alors, il vous est impossible d'établir une véritable relation avec Papa. Vous ne faites pas la volonté de l'Être Suprême quand bien même votre conformité au culte et à la doctrine serait irréprochable. Dans ce cas, il vous faut d'abord vous affranchir de la pollution de la pensée dont vous souffrez. »

Après ce discours, Pasteur Rakachi aida Angicride à descendre la rampe. Présidente Liliole mit un terme à cette rencontre et tous rentrèrent chez eux. Le lendemain, les grands titres des journaux disaient « **Participer à l'expérience** » et il expliquait les directives que Grand Maître Angicride avait émises.

Les gens s'avouaient septiques pour la plupart et même Paralym reconnaissait être un peu déçu, car il s'attendait à un discours beaucoup plus percutant. Il croyait qu'une révolution de la pensée et des croyances allait émerger de la présentation d'Angicride. À la place, elle a simplement demandé aux citoyens de faire une prière et de participer à une expérience très peu scientifique. Toutefois, sa déception allait être de courtes durées. En réalité, la révolte avait déjà commencé.

Pasteur Rakachi rencontre Armos

En ce beau matin, certains citoyens sont allés consulter le réseau continental dans le but de voir s'il y avait des vidéoclips déjà émis concernant l'expérience proposée à la population. À leur plus grande surprise, c'était effectivement le cas. Les Atariens y virent Grand Maître Angicride, toute remplie d'émotions, qui racontait ce qui s'était produit dans sa jeunesse lors de sa mort clinique et de sa rencontre personnelle avec l'Être Suprême.

Elle disait que toute sa vie, elle avait cherché à comprendre en quoi consistait sa mission. À ses yeux, faire la volonté de Papa signifiait participer de son plein gré au plan parfait qu'il avait pour elle. Angicride affirmait que c'est seulement lorsque les paroles de l'Être Suprême furent accomplies que leur véritable signification devint évidente à ses yeux et à ceux de sa communauté.

Par exemple, le sens des mots « **je t'ai choisi** » est devenu très clair lors de son élection en tant que Grand Maître de l'IRES. La réaction des gens lors du dialogue avec le Consortium lui avait permis de comprendre ce que voulait dire la parole suivante :

« **Toi qui connais ma volonté, tu seras celle qui la révèlera** ». Son handicap lui est parfois un peu pénible toutefois, c'est grâce à lui qu'elle arrive à surprendre les gens. C'est ce que Papa lui avait dit « **Tu connaîtras bien des épreuves, mais tu inspireras ainsi tout le monde** ». Angicride racontait qu'il lui était souvent arrivé de ressentir des doutes. Dans ses circonstances, elle se rappelait toujours les paroles qui lui avaient dit. Cela l'aidait grandement à accueillir ce qui se présentait à elle. L'Être Suprême lui avait également révélé ces faits en lui disant « **À chaque instance où ta foi sera remise en question, ce sera un signe de ma présence** ».

Angicride en était venu à penser que Papa lui avait montré son désir en lui faisant vivre une rencontre personnelle avec lui. Il ne lui était aucunement nécessaire d'ajouter de quelconques spécifications. Sa mission consiste à faire en sorte que tous vivent une expérience semblable. Son vidéoclip se terminait lorsqu'elle affirmait avoir connu une mort clinique. Celle-ci s'est avérée d'une durée inférieure à deux minutes durant lesquelles elle avait passé toute une journée en compagnie de ses grands-parents décédés ainsi qu'avec l'Être Suprême et ses enfants. Angicride n'oubliera jamais Papa, l'individu mal peigné et mal vêtu ni la jeune jardinière. Son sentiment d'appartenance et son étonnante joie de vivre en résultaient.

Certes, cette histoire semble totalement inconcevable toutefois, c'est pour cette raison qu'elle se disait être devenue témoin de l'impossible.

Marash et Gustiak, les parents d'Angicride, furent les deuxièmes à émettre un vidéoclip sur le réseau continental. Ils avouaient tout l'amour et l'admiration qu'ils conféraient à leur fille. Ils disaient que la vie leur avait enseigné une importante leçon. Dans sa jeunesse, Gustiak avait beaucoup souffert et Marash pouvait même en témoigner. Après l'accident de la route qui causa l'infirmité d'Angicride, la joie de vivre s'était perdue dans leur foyer. De plus, l'attitude qu'ils avaient adoptée engendrait encore plus de souffrance.

Grâce à la rencontre personnelle d'Angicride, Marash et Gustiak comprirent que ceux qui contemplent le malheur sont aussi ceux qui en ont le plus besoin. Inconsciemment, ces gens vont tout faire pour le conserver. D'un autre côté, ceux qui cherchent à établir une authentique relation avec l'Être Suprême vont y trouver le véritable amour. Ils demeureront dans la joie de vivre en dépit des épreuves qui les affligent.

Gustiak et Marash ont appris que les grâces divines viennent à ceux qui en ont besoin avant de se rendre à ceux qui le méritent. Papa aime tous ses enfants, même ceux qui se rebellent contre lui. Tout en remerciant l'Être Suprême d'avoir choisi Angicride pour accomplir une mission aussi grandiose, Marash et Gustiak lui rendaient grâce de les avoir libérés du lourd fardeau de leur passé. Ils recommandaient également à la population de demander une rencontre avec le Divin. Ce qu'Angicride vécu avait littéralement fait d'eux des témoins de l'impossible.

Quelques heures plus tard, un troisième vidéoclip est apparu sur le réseau continental. Pasteur Rakachi disait que, jadis, il croyait que la foi en l'Être Suprême était comme un interrupteur. Dans une position donnée, la lampe est allumée alors que dans l'autre, elle est éteinte. Autrefois, cette vision lui suffisait pour expliquer que certains croyaient et que d'autres soient athées. Pasteur Rakachi n'avait aucune raison de remettre cette philosophie en question.

Selon ce qu'il croyait, la position de l'interrupteur dépendait strictement de la volonté de l'Être Suprême.

La raison qui le poussait à ne donner la foi qu'à quelques privilégiés dépassait de loin l'entendement des Atariens. Aux yeux de Pasteur Rakachi, il serait tout aussi inconcevable qu'inapproprié de questionner l'Être Suprême à ce sujet.

Puis un jour, par le plus grand des hasards, trois individus athées lui ont demandé un rendez-vous. Il ne s'agissait de nul autre que Marash, Gustiak et Angicride. À cette époque, Marash et Gustiak étaient athées et ressentaient beaucoup de colère et d'indignation. En réalité, ce n'était qu'une échappatoire. Il était plus aisé pour eux de blâmer l'Être Suprême que d'affronter les lourds et pénibles sentiments qu'ils ressentaient ou d'être confronté à la dure réalité de l'infirmité de leur enfant. Quant à la jeune et merveilleuse Angicride, elle cherchait désespérément une confirmation des événements qu'elle avait vécus pendant sa mort clinique.

Après avoir jasé avec eux, Pasteur Rakachi disait dans son vidéoclip qu'il avait littéralement pu voir l'action de l'Être Suprême se dérouler sous ses yeux. Ce soir-là, Marash, Gustiak et Angicride ont participé au groupe de prière de pasteur Rakachi. En plus de se convertir, ils ont retrouvé la paix intérieure et la jeune Angicride a ébahi toute l'assemblée.

Trois athées sont devenus croyants en moins d'une journée. Pasteur Rakachi avouait qu'à cette époque, il considérait qu'en aucun cas, un tel événement ne pouvait être conforme à la réalité.

Sa foi s'était retrouvée complètement chambardée lorsqu'il devint témoin oculaire de ce qu'il savait être impossible. C'est grâce à ce moment qu'il comprit que la foi n'est pas comme un interrupteur, mais qu'elle est plutôt comme un phénomène dynamique variable. Tout le monde croit toutefois, la réponse des gens se situe entre un oui et un non à l'Être Suprême. Il éprouvait beaucoup de reconnaissance envers Papa d'avoir ainsi fait croître l'intimité de leur relation. Lui aussi recommandait à la population de prendre part à l'expérience proposée par l'IRES.

Dans la population, des émotions mixtes étaient lourdement ressenties. Quelques individus étaient effectivement touchés par les vidéoclips et avaient fait le choix de participer. D'autres considéraient inapproprié de répondre à la logique pure et dure des Grands Penseurs par un acte de foi inconditionnelle. Certains éprouvaient même de la colère devant ce qu'ils percevaient comme une odieuse aberration.

C'est d'ailleurs ce que les adolescents rebelles ressentaient. La plupart d'entre eux savaient qu'Armos se manifesterait. Les policiers en ce lieu profitaient d'un tel événement pour tenter de capturer le plus populaire des malfaiteurs.

Puis un soir, le signal fut donné et le clan d'Armos s'est mis à l'œuvre. C'est par petit groupe que des centaines d'adolescents avaient passé toute la nuit à entrer et à sortir par de multiples bouches d'égout fluviales. En essayant de les capturer, les policiers avaient relâché la surveillance des lieux de prière. Armos en avait profité et s'était rendu à l'un d'eux où il avait peint une parfaite représentation d'Angicride vêtu de blanc et assied dans son fauteuil roulant.

Au côté de celle-ci, Armos avait même écrit un dicton qui, à ses yeux, représentait parfaitement son état d'âme. Il souhaitait ainsi faire comprendre à tous les citoyens d'Atara que la proposition d'Angicride était démunie de sens. Les gens pouvaient y lire ceci :

Osez confronter l'Être Suprême;
Vous allez gagner, c'est certain!

Lorsque son travail fut terminé, Armos donna le signal et tous les adolescents rebelles sont rentrés chez eux. Les policiers n'avaient capturé personne et ne savaient même pas qu'Armos avait fait son œuvre. Ils s'étaient encore fait duper. Le clan des adolescents rebelles avait gagné.

Cette semaine-là, Pasteur Rakachi devait recevoir prêcheur Hirchdok au sein de son groupe de prière. Tous les membres avaient très hâte d'entendre celui qui manifestait un puissant don de prophétie et dont le nom avait circulé lors du dernier conclave. En se rendant à la salle pour y faire les préparatifs requis, Pasteur Rakachi s'est retrouvé face à face avec le mur peint par Armos.

Contre toute attente, Pasteur Rakachi s'était mis à rire aux larmes. Il prit quelques photos et en informa Grand Maître Angicride ainsi que prêcheur Hirchdok. Les policiers étaient venus sur les lieux et lui avaient demandé s'il souhaitait porter plainte. Rakachi refusa catégoriquement d'agir de la sorte. En aucune façon, il ne souhaitait nuire à celui qui avait accompli ce qu'il considérait être un chef-d'œuvre.

À la place, Pasteur Rakachi avait installé des chaises à l'extérieur de l'édifice en plein devant le mur qu'Armos avait peint. Le soir venu, les membres du groupe de prière s'étaient installés ainsi pour entendre Prêcheur Hirchdok. Parmi eux, un policier hors service était particulièrement frustré d'apprendre que les membres de l'IRES endossaient les œuvres de celui qu'il considérait comme un criminel.

À son avis, Pasteur Rakachi devrait plutôt porter plainte et il avait demandé à Prêcheur Hirchdok d'essayer de le convaincre. Celui-ci se leva et tint un puissant discours qui résonna dans les oreilles de tous les citoyens d'Atara.

« Parmi les gens qui vont lire le texte d'Armos certains seront favorables à l'expérience d'Angicride et d'autres ne le seront pas. Ceux qui sont disposés à accueillir la proposition de notre Grand Maître savent déjà ce qu'ils gagneront. Quant aux autres, pourquoi devraient-ils craindre de confronter l'Être Suprême s'ils sont certains d'en retirer un avantage?

Bien que les propos d'Armos n'aient probablement pas été écrits dans l'optique d'encourager la participation des gens, l'IRES estime qu'ils ont une valeur incommensurable. Il en est ainsi puisque ces commentaires peuvent être utilisés avec la même ardeur par les gens des deux clans.

L'IRES ne portera pas plainte et ne condamnera pas un individu pour un geste qui a autant de valeur. J'ignore l'identité de celui qui se fait appeler Armos toutefois, j'ai un message pour lui. Par mon titre de prêcheur et par mon don de prophétie, je discerne en toi la marque de ceux qui, tout comme Angicride, sont accompagnés par l'Être Suprême. Ne crains pas de mettre de la couleur dans la vie des gens. »

Dans l'assemblée, ce soir-là, quelques adolescents rebelles étaient également présents. Ils avaient entendu le discours de prêcheurs Hirchdok et se sont fait un devoir d'en informer Armos. Celui-ci vérifia ces informations à l'aide du réseau continental où le discours en question était largement diffusé.

Armos était complètement ébahi, il ne comprenait absolument rien à la réaction des membres de l'IRES. Celle-ci lui paraissait même contraire à toute logique. Jamais personne n'avait choisi de ne pas porter plainte devant ses œuvres. Tous le considéraient comme un criminel et voilà que pasteur Rakachi et prêcheur Hirchdok disaient de lui qu'il était accompagné par l'Être Suprême! Lui qui se croyait un moins que rien, voilà qu'il avait maintenant une valeur incommensurable! Hein!

Quelques-uns de ses amis avaient proposé, en guise d'explication, l'hypothèse d'un piège pour l'attraper. C'était en faites une ruse qui se dressait contre lui. En réalité, les membres de l'IRES étaient de connivence avec les forces de l'ordre! Voilà une logique qui faisait bien plus de sens aux yeux d'Armos. Cependant, les jeunes qui avaient assisté aux discours de prêcheur Hirchdok ne partageaient pas cette opinion. Tous se demandaient comment faire pour discerner la vérité, mais aucun d'eux n'avait la moindre suggestion à offrir.

C'est à ce moment précis qu'Armos eut l'idée de participer à l'expérience d'Angicride. À voix haute et devant tous ses amis, il demanda à l'Être Suprême de lui montrer sa véritable valeur. Armos lui dit également qu'il refuserait de croire en lui tant que ce ne sera pas fait. Tous ceux qui étaient présents se sont mis à rire aux larmes. Même Armos s'y adonna sans réserve. La logique, dont il faisait preuve, était pourtant sans failles. S'il si précieux aux yeux de l'Être Suprême, pourquoi celui-ci ne le lui montrerait-il pas? Dans le cas contraire, il ne se ferait pas prendre au piège.

Trois mois plus tard, Armos rêva qu'un individu mal vêtu et dépeigné, dont l'autorité ne connaissait aucune limite, lui disait que le talent de l'autre lui avait été conféré par l'Être Suprême et qu'il ne devait pas craindre de mettre de la couleur dans la vie des gens. Le lendemain matin, Armos dut se raisonner et admettre que ce n'était qu'un rêve sans importance.

Toutefois, après s'être rendormi pour une seconde nuit, il vit, en songe, le même personnage aussi mal vêtu et avec sa coiffure peu entretenue qui usait un peu de son immense autorité pour lui dire que le talent de l'autre lui avait été donné par l'Être Suprême et qu'il ne devait pas craindre de mettre de la couleur dans la vie des gens.

Cette fois, dès son réveil Armos se sentait très fatigué, car cela faisait deux nuits qu'il ne dormait presque plus. Pendant sa journée, Armos demeura songeur.

Pour une troisième nuit consécutive, Armos vit le mâle aux vêtements peu gracieux et à la chevelure pouilleuse s'approcher de lui avec une grande autorité, mais aussi avec beaucoup de tendresse. À sa vue, Armos tremblait de peur. Puis il l'entendit lui dire que le don de l'autre était un cadeau de l'Être Suprême. Ce dernier saurait en faire bon usage à condition de ne pas craindre de mettre de la couleur dans la vie des gens.

Cette fois, Armos n'en pouvait plus. Il se leva, s'habilla et alla dehors pour faire une longue promenade, et ce, en dépit du mauvais temps. Quelques heures plus tard, il s'est retrouvé devant l'oeuvre d'Angicride qu'il avait peint sur les murs de la salle de réunion du groupe de prière de Pasteur Rakachi. Le hasard fit en sorte que celui-ci est également arrivé en même temps qu'Armos et, sans le connaître, il lui avait fait remarquer toute la qualité de cette œuvre d'art. Même après tout ce temps, Pasteur Rakachi en était encore émerveillé. Armos comprit alors qu'il avait une véritable valeur aux yeux de l'IRES.

Il prit son courage entre ses mains et lui demanda une confession. Il voulait bénéficier de ses précieux conseils sans courir le risque de se faire arrêter par la police. Pasteur Rakachi lui expliqua que ce rituel exigeait son silence même devant les forces de l'ordre et qu'il serait heureux de lui venir en aide s'il le pouvait. Tous deux sont entrés à l'intérieur où ils ont entamé une longue conversation.

Pasteur Rakachi avait commencé en lui demandant son nom. Le jeune mâle devant lui s'est exprimé en disant que c'était très compliqué.

Il affirmait qu'il répondait au nom de Ramzim, mais qu'il tenait aussi une identité secrète et qu'en tant que tel, il se nommait Armos le malfaiteur qui avait peint le mur extérieur.

Par la suite, Ramzim expliqua son rêve récurrent à Pasteur Rakachi. Celui-ci prit quelques minutes pour réfléchir et prier puis un détail lui vint à l'esprit. Dans ce songe, la personne mal vêtue et dépeignée devait parler à Ramzim puisque, lorsqu'il exprimait le nom d'Armos, c'était toujours comme s'il s'agissait d'un troisième individu. Cette remarque fit grandement réfléchir Ramzim qui s'est mis à raconter son vécu.

Ses parents étaient propriétaires d'un hôtel. Pendant toute l'année, ils étaient donc très occupés. Jamais ils ne prenaient de temps avec lui. À la place, ils lui faisaient sentir qu'il était de trop et toujours nuisible. Ils ne faisaient que broncher contre lui. Laissé à lui-même, Ramzim en était venu à penser qu'il était sans valeur. Dans son isolement, il s'était mis à dessiner et était devenu très talentueux. Les autres jeunes de son âge s'émerveillaient devant la grande beauté de ses peintures. Pour la première fois de sa courte vie, Ramzim se sentait apprécié et souhaitait vivement faire connaître son talent. Ses amis et lui désiraient également faire comprendre aux adultes que la vie offrait bien plus que de l'or et de la gloire.

Par un curieux hasard, un jour ils ont mis la main sur un plan des égouts fluviaux. Pour leurs plus grands plaisirs, ils se sont mis à les peindre de l'intérieur tout en les explorant. Ce faisant, les jeunes gens se sont aperçus qu'ils pouvaient fuir les agents de la paix en y entrant par une bouche et en ressortant par une autre. Le groupe d'adolescents rebelles éprouvait ainsi bien du plaisir et de l'excitation ce qui contribuait à renforcer les liens entre eux. Pour la première fois de sa courte vie, Ramzim se sentait délivré du mal de sa jeunesse, car il expérimentait des sentiments d'appartenance qui lui faisaient énormément de bien.

C'est avec le temps qu'il finit par comprendre tout le mal que ses propres parents lui avaient infligé.

Un peu pour se venger, Ramzim et ses amis ont élaboré un plan parfait. Sur le réseau continental, ils ont fondé un groupe de jeunes. Plusieurs s'envoyaient ainsi des messages et communiquaient par texto. Pour le clan de Ramzim, c'était le moyen idéal pour confondre les forces policières. Ils avaient convenu à l'avance de la marche à suivre et un jour tous les membres du clan ont reçu le message déclencheur. À ce moment précis, des centaines de jeunes sont entrées par de nombreuses bouches d'égout et en sont ressorties par une autre. Ramzim en fit de même et il alla peindre sur les murs de l'hôtel de ses parents.

Pour ne pas se faire reconnaître, il avait, bien sûr, apposé sa signature d'artiste sous le nom d'Armos. Une fois le second signal donné, tous les jeunes sont à nouveau entrés par une autre bouche d'égout fluviale pour en ressortir en un autre lieu. Ramzim fit de même et, en rentrant chez lui, il vit les policiers parler à ses parents.

Ceux-ci étaient furieux comme si le Ciel venait tout juste de leur tomber sur la tête pour aucune raison valide. Les agents de la paix ne connaissaient pas le responsable de ces méfaits et le miroir universel ne leur permettait pas de l'identifier. Ils savaient qu'ils venaient de perdre et qu'un criminel avait gagné. Pour Armos par contre, c'était sa toute première victoire. À la longue, les journaux et la télévision ont tellement parlé de lui qu'il avait l'impression d'avoir atteint son but de faire connaître son talent.

Toutefois, sa vie secrète pesait de plus en plus lourd. Il devait constamment faire attention de ne pas se faire prendre par les policiers et Ramzim ne recevait toujours aucune reconnaissance. Il avait l'impression que le message de l'Être Suprême lui proposait de se libérer de ce joug. Toutefois, cela impliquait qu'il se rende aux autorités.

Pasteur Rakachi partageait cette opinion et il recommanda à Ramzim de consulter ses amis avant de commettre un tel acte. Il est possible qu'ensemble, ils trouvent une manière de se livrer sans en subir des conséquences. Rakachi pensait que les mots « **ne pas craindre de mettre de la couleur dans la vie des gens** » signifiaient que l'Être Suprême avait un plan pour lui.

S'il acceptait de faire sa volonté alors, Ramzim serait favorisé par le hasard. Ramzim s'en retourna chez lui le cœur rempli d'une joie nouvelle. Désormais, il savait qu'il avait une grande valeur aux yeux de l'IRES, de l'Être Suprême et de son nouvel ami pasteur Rakachi.

La valeur de la foi

À la longue, la popularité des vidéoclips d'Angicride, de ses parents et de Pasteur Rakachi gagna en importance et la complicité, que les citoyens ressentaient à l'endroit de leur Grand Maître, atteignit un nouveau record. Angicride inspirait tout autant les athées que les croyants. Peu à peu, plusieurs réactions concernant son expérience s'installèrent dans la population. Beaucoup firent le choix de participer à des groupes de prière afin d'en apprendre davantage sur l'Être Suprême. D'autres lui avaient simplement demandé une rencontre personnelle et refusaient de croire avant d'être exaucés. Finalement, plusieurs refusaient tout simplement de prendre part à ce qui leur paraissait sans valeur.

Ceux qui adhéraient s'avouaient intrigués par les résultats qu'ils obtiendraient. Quelques-uns, tant nordistes que sudistes, portaient fièrement un écusson sur lequel on pouvait lire « **Je participe à l'expérience!** ». Toutes les régions du continent étaient atteintes par cette nouvelle mode. En même temps, il était possible de retrouver en tous lieux des gens pour qui l'expérience d'Angicride constituait une aberration pure et simple. Pour eux, jamais un acte de foi ne pouvait contrecarrer la logique des membres du Consortium.

De temps en temps, un nouveau vidéoclip apparaissait sur le réseau continental. Parfois, les gens se disaient libérés du lourd fardeau de leur passé. D'autres affirmaient enfin percevoir toute la beauté des cultes. Certains s'étaient même surpris d'avoir acquis une nouvelle compréhension des paroles dites par les prophètes d'Atara. Quelques-uns s'exprimaient plutôt en des termes un peu plus rebelles. Ils rejetaient fermement toute doctrine pour mettre l'accent sur leur relation avec l'Être Suprême.

Il paraissait très ardu pour les uns de reconnaître la valeur du discours des autres. C'est à ce moment que le choix de la paix, la pratique de l'humilité et l'éradication de la pollution de la pensée devenaient très importants. Ces comportements permettaient aux interactions entre les gens d'être conformes à la volonté de l'Être Suprême.

Personne n'adhérait à tous les discours sur les vidéoclips. Quelques histoires ainsi racontées paraissaient même un peu farfelues alors que d'autres étaient beaucoup plus touchantes. Parmi celles-ci, des gens affirmaient avoir connu une guérison de leur corps après avoir rencontré l'Être Suprême. Certains faisaient preuve d'une sagesse et d'un nouveau discernement confirmés par leurs proches.

Pour quelques étudiants en difficulté, les cours sont devenus faciles. C'était comme si soudainement, les Grands Penseurs s'exprimaient très clairement.

Après leur rencontre personnelle avec l'Être Suprême, certains individus avaient même acquis le don de guérison. En imposant les mains aux gens de leur famille ou du voisinage, les maladies et les blessures disparaissaient. Le don de prophétie est également apparu dans la population. À l'occasion, ces gens savaient, par exemple, que le téléphone allait sonner et qui les appelait. En général, ils promulguaient de bons conseils.

En dépit de tous ces signes, l'opinion de ceux qui ne souhaitaient pas participer à l'expérience d'Angicride était de plus en plus intense. Ils pouvaient utiliser certains vidéoclips pour se justifier et leurs arguments n'étaient pas démunis de logique. L'Être Suprême savait ce dont les citoyens d'Atara auraient besoin afin de croire en celle qu'il avait choisie. Quelques-unes parmi les histoires racontées devaient être très spectaculaires et répondre à un besoin réel.

Un jour est apparu un vidéoclip qui allait grandement bouleverser la population d'Atara. Un jeune adolescent rebelle des plages du sud disait qu'il était devenu témoin de l'impossible. Celui-ci se nommait Ramzim. Après avoir longuement jasé avec pasteur Rakachi, il avait discuté avec ses amis. Il leur avait partagé son désir de se rendre aux autorités et ensemble, ils ont cherché un moyen d'apaiser les condamnations qui en résulteraient.

Par un beau matin, Ramzim alla donc au poste de police le plus prêt et il prétendait être Armos le malfaiteur. Les agents de la paix l'ont immédiatement mis en état d'arrestation et l'ont inculpé de nombreux délits de vandalisme et de perturbation de la paix publics. Les policiers s'avouaient très heureux du dénouement dans cette affaire. Malheureusement pour eux, leur seule preuve était les aveux de Ramzim. Aucun d'eux ne se doutait de ce qui allait se produire par la suite.

Un peu plus tard, un des amis de Ramzim se rendit au même poste en prétendant être Armos. Il fut aussi mis aux arrêts. Quelques minutes passèrent et les policiers ont dû en accueillir un troisième puis un quatrième et c'est ainsi que leur journée se déroula.

Vers les seize heures trente minutes, la centaine de prisonniers avaient beaucoup plus de plaisir que les agents de la paix qui ne savaient vraiment plus comment gérer la situation. Ils détenaient le véritable Armos, mais ils ne pouvaient plus l'inculper.

Le chef de police songeait à porter des accusations contre toute la bande. La procureure ne pensait pas que cette façon de procéder était appropriée, car, selon elle, aucune condamnation n'en résulterait. À la place, elle estimait plus judicieux de demander au représentant régional d'apporter des modifications au Code criminel. Celui-ci devait préalablement en discuter avec Présidente Liliole.

Dans les cellules, la centaine d'adolescents rebelles faisaient la fête. Ils s'étaient mis à chanter des louanges à l'Être Suprême. Ramzim pleurait de joie et remerciait tous ses nombreux et véritables amis pour l'aide qu'il recevait d'eux. Tous se croyaient plus forts que les policiers et même en prison, ils étaient convaincus qu'aucun mal ne leur serait fait. Ils étaient libres.

Les journalistes ont relaté ces faits et la population s'avouait touchée par leur fraternité et leur complicité. Cependant, de nombreuses et divergentes opinions étaient également émises en ce qui concerne la condamnation de ces jeunes. Nul ne savait quoi faire ou comment agir dans ce cas précis.

C'est finalement présidente Liliole qui allait résoudre ce problème. Contre toute attente, elle se rendit également au poste de police pour discuter avec la centaine de jeunes qui étaient toujours détenus. Elle leur fit comprendre qu'une loi interdisant l'accès aux égouts fluviaux était à l'étude et sera approuvée d'ici peu. Elle s'avoua prête à les gracier en échange de leur promesse de ne plus commettre de délits. Toutefois, elle avoua avoir un projet pour le véritable individu dont le surnom était Armos. Elle promit que lui aussi serait gracié de tous ses crimes et qu'il recevrait un généreux salaire pour la tâche qu'elle souhaitait le voir accomplir.

Nul ne le savait, mais le roi avait secrètement reconnu l'exceptionnel talent d'Armos. Ses peintures avaient servi d'exemple pour demander à présidente Liliole d'élaborer un projet pour enjoliver le grand mur de la zone neutre. Le roi trouvait que ceux-ci étaient des vestiges d'une époque révolue et que le temps était venu d'y apporter une amélioration.

Présidente Liliole regarda Ramzim droit dans les yeux et lui demanda s'il accepterait de mettre de la couleur dans la vie des gens. À ces mots, Ramzim se remémora le songe qu'il avait fait. Il se souvenait avoir vu une personne mâle plutôt mal vêtue et complètement dépeignée lui dire très précisément les mêmes paroles. Ramzim se souvenait également de sa discussion avec pasteur Rakachi. Celui-ci lui avait révélé que l'Être Suprême avait un plan dont la perfection surpassait tout ce qu'il pouvait imaginer. En employant les mêmes paroles, c'était comme si Présidente Liliole confirmait toute la grande valeur qu'il avait aux yeux de l'Être Suprême. Ramzim pleurait littéralement de joie, non seulement il ne serait pas condamné, mais tous ses amis seraient également graciés. C'est pour cette raison que dans son vidéoclip Ramzim, alias Armos, disait qu'il était ainsi devenu témoin de l'impossible.

Ramzim accepta son offre et Présidente Liliole a tenu ses promesses. Tous les adolescents rebelles furent graciés et Ramzim fut engagé par l'État pour peindre le grand mur dans la région de la zone neutre. Ces vestiges déplorables sont devenus pittoresques et aimés de tous. Le roi Tranasium lui avait même commandé une toile dont la popularité fit également grandir la sienne. Maintenant, c'était Ramzim et non Armos qui était reconnu.

La criminalité dans la région des plages du sud diminua énormément pour atteindre le niveau le plus bas de tous les temps. Jamais aucun individu ne fut condamné en vertu de la nouvelle loi qui interdisait l'accès aux égouts fluviaux. Les autres adolescents rebelles s'avouaient moins braves maintenant qu'ils avaient perdu leur super héros. De plus, Ramzim leur avait fourni un exemple à suivre et bon nombre d'entre eux choisirent d'être graciés plutôt que condamnés. En raison de tous ces événements, les citoyens d'Atara percevaient l'impact positif de l'expérience d'Angicride et la plupart d'entre eux souhaitaient maintenant y prendre part. Bien que nul ne sache ce qui en résulterait, beaucoup d'espoirs véritables et raisonnables pouvaient ainsi être acquis par ceux qui en avaient le plus besoin. Seuls quelques récalcitrants persistaient à croire que cet acte de foi était insensé.

Bien que Polirsh et Skristash fussent athées, l'histoire de Ramzim les toucha profondément. C'est ce qui les a convaincus de participer à l'expérience d'Angicride. Leur situation familiale était de plus en plus désespérée. En cette journée, Polirsh venait d'apprendre que sa rémission était terminée. Son cancer avait repris et de nouveaux traitements étaient à prévoir.

Cette fois, les médecins n'avaient que très peu d'espoir de sauver sa vie. Elles ont prié l'Être Suprême et lui ont demandé une rencontre personnelle. Elles lui ont dit qu'elles ne pourraient véritablement croire en lui que s'il évitait que Skristash devienne orpheline de père et de mère. Le soir, en regardant un documentaire qui traitait de la vie marine, Skristash s'est brusquement levé de son siège et s'écria qu'elle savait comment guérir cette maladie. Polirsh s'avouait plus que septique, mais elle encouragea tout de même sa fille à poursuivre sa prétendue rencontre avec l'Être Suprême.

Tôt le lendemain matin, la jeune Skristash, dans un esprit un peu espiègle, se construisit une pancarte et inscrivit « **Je souhaite rencontrer Grand Maître Angicride**». Puis elle se rendit à la porte d'entrée du siège social de l'IRES où elle passa environ quatre heures à attendre. Soudain, deux responsables de la sécurité sont venus la chercher et l'ont reconduit jusque dans la salle à manger. Sur la table, deux couverts s'y trouvaient, mais une seule chaise lui permettait de s'assoir.

À son grand étonnement, Skristash vit Grand Maître Angicride s'avancer vers elle dans son fauteuil roulant. Elles ont partagé ce repas après quoi, Skristash, en pleurs, lui confia les épreuves qui l'affligeaient. À ses mots, même Angicride éprouvait de profonds sentiments de tristesse. Elle cherchait désespérément le moyen de lui venir en aide toutefois, elle n'avait aucune idée sur la manière de s'y prendre.

Skristash fit savoir à Angicride que, tout comme elle, sa mère avait consulté des gens qui possèdent le don de guérison sans véritablement être soulagés de cette terrible maladie. L'un d'eux était prêcheur Cralink et celui-ci les informa que beaucoup de biens émanerait de cette épreuve si elles se tournaient vers l'Être Suprême. La jeune Skristash prétendait avoir participé à l'expérience que Grand Maître Angicride avait initiée. Pour cette raison, elle croyait savoir comment guérir le cancer toutefois, son jeune âge et son manque d'étude faisaient en sorte qu'elle pensait que personne ne la croirait. Elle se voyait condamnée à la solitude des orphelines en dépit de son savoir. Angicride, qui cherchait toujours le moyen de lui redonner un peu d'espoir, venait tout juste de trouver la manière de s'y prendre.

Elle prit donc le téléphone et elle informa Gallus, le directeur de la Bibliothèque des Espèces, qu'une jeune fille souhaitait lui présenter un projet de recherche. Gallus comprit les véritables intentions de Grand Maître Angicride et il choisit de collaborer avec elle. Par la suite, Angicride et Skristash ont monté à bord de la limousine réservée au Grand Maître de l'IRES et s'en sont allés à la Bibliothèque des Espèces. En ce lieu, la salle de conférence comptait quelques dizaines de chercheurs et tous attendaient avec impatience le discours de la jeune Skristash. Par contre, aucun d'eux n'espérait véritablement obtenir de résultats bien concrets. À leurs yeux, la coopération avec le Grand Maître de l'IRES était ce qui revêtait de l'importance.

Cependant, la jeune Skristash en étonna plusieurs. Elle leur dit que les cellules des organismes pluricellulaires collaborent entre elles en suivant toutes les mêmes instructions soit celles du génome. Pour cette raison, leur besoin de communiquer s'en trouve grandement diminué. Il s'agit ici d'une stratégie évolutive qui permet d'accroître le nombre de cellules qu'un animal ou une plante comporte. C'est en partie ainsi que le passage des unicellulaires aux pluricellulaires s'est grandement simplifié.

Par définition, les cellules cancéreuses ont un génome défectueux. Cela signifie également qu'elles ne respectent donc plus les mêmes instructions que celles en santé. Elles peuvent donc très aisément choisir de communiquer leur état. Conséquemment, le cancer peut se propager partout dans le corps. Ces faits ont été observés chez plusieurs patients. Pour Skristas, cela signifiait qu'il serait peut-être concevable de guérir cette maladie en injectant, dans le corps des malades, une molécule qui donnerait l'ordre de respecter les instructions du génome ou de collaborer. Les tissus en santé répondraient qu'ils le font déjà et ceux atteints du cancer diraient plutôt « oups! »

Fort du documentaire sur la vie marine qu'elle avait regardé, Skristas poussa son audace jusqu'à informer les membres de la Bibliothèque des Espèces qu'une créature rare et répugnante vit dans les profondeurs de l'océan. Celle-ci n'a même pas de nom. Elle ressemble à un long ver d'environ vingt mètres sous lequel des amas de chair sont suspendus. Les membranes cellulaires de ce visqueux organisme correspondent à ceux des bactéries. Chaque région de leur corps compte un génome qui diffère des autres. La collaboration entre les cellules qui le composent doit donc se faire de façon chimique. Selon Skristas, l'une des sécrétions de cette hideuse monstruosité devrait pouvoir guérir le cancer.

Contrairement à toutes attentes, la logique dont la jeune Skristash avait fait preuve avait impressionné les chercheurs. Par contre, ceux-ci savaient qu'il était inconcevable de tirer d'une bactérie un remède applicable aux cellules eucaryotes. Skristash ne savait pas quoi répondre à cet argument et Grand Maître Angicride, voyant toute la peine qui montait dans le cœur de la jeune enfant, est intervenue. Elle dit à Gallus que nul ne pouvait prédire le savoir qu'ils retireraient d'un tel projet de recherche. Cette remarque d'Angicride fit réfléchir plusieurs chercheurs. Ceux-ci avaient vraiment tout essayé ce qui leur paraissait raisonnable sans pour autant obtenir un remède. Sous la recommandation d'Angicride et parce qu'aucun autre projet n'était envisagé de toute façon, certains membres de la Bibliothèque des Espèces se sont lancés dans cette aventure en dépit du fait que celle-ci leur paraissait un peu farfelue. Dans leur laboratoire, ces chercheurs ont testé les sécrétions de la bête en tant que remède contre le cancer. Après quelques mois de recherches intensives, le meilleur traitement contre cette terrible maladie fut découvert. Les médecins possédaient désormais un médicament expérimental plus efficace que tout ce qu'ils avaient auparavant.

Contrairement à toutes les attentes, la proposition de la jeune Skristash s'est effectivement avérée conforme à la réalité. Toutefois, les biologistes ont également fait une autre découverte qu'ils qualifient de majeure.

À cette époque, la science stipulait que les plus anciennes formes de vie connues étaient les bactéries, les eucaryotes et les archées. Pour les distinguer, il est nécessaire de jeter un regard sur leurs organites ainsi que sur leurs membranes cellulaires. Chez les unicellulaires, il existe deux différents types de membranes ainsi que deux anatomies distinctes. Une simple formule mathématique permet d'affirmer qu'en employant deux caractéristiques, il est possible de déduire quatre combinaisons toutefois, seulement trois formes de vie étaient connues à ce jour. L'existence de cellules eucaryotes primitives possédant une membrane bactérienne n'avait jamais été observée ni même considérée par les biologistes.

Il y a un milliard d'années, une bactérie anaérobie s'est introduite dans une cellule eucaryote primitive pour devenir les mitochondries. Cette spectaculaire adaptation allait permettre la naissance de tous les organismes pluricellulaires.

Il est concevable que les cellules eucaryotes primitives, ayant une membrane bactérienne, vécussent dans les profondeurs de l'océan à cette époque lointaine. Elles se seraient donc adaptées d'une autre manière pour devenir la répugnante créature de Skristash. C'est précisément ce qui permit aux biologistes de découvrir le remède contre le cancer.

Polirsh fut la première patiente à recevoir ce nouveau traitement et, en moins de cinq jours, son cancer avait complètement disparu. L'Être Suprême avait exaucé Skristash et sa mère. Dans leur vidéoclip, elles affirmaient être témoins de l'impossible. Elles éprouvaient de la reconnaissance pour toute l'aide qu'elles avaient reçue de l'IRES et de la Bibliothèque des Espèces. Désormais, Polirsh et Skristash étaient croyantes.

L'étonnant vidéoclip de Polirsh et Skristash avait fait naître dans le cœur de plusieurs l'idée même que rien n'est impossible à l'Être suprême. Ce concept était désormais un fait véridique et observable. Sandrik affirmait avoir été touché par leur incroyable histoire. Dans son cœur, il commençait à souhaiter vivre une telle expérience.

Dans une soirée de prière au nord-est du continent, le pasteur proposait de prier pour qu'un des participants devienne celui qui apporterait une solution au problème d'approvisionnement en eau potable de cette région. Habituellement, leurs prières se dirigeaient plutôt vers les Bâtisseurs ou les Grands Penseurs toutefois, il croyait qu'ainsi leur participation à l'expérience d'Angicride serait communautaire.

Cette pratique s'était répandue et en cette soirée, absolument rien d'apparent ne s'était produit. Potok, Malek, Kravandish et Sandrik avaient formulé les mêmes prières que tous les autres membres et ce n'était pas la première fois qu'ils se soumettaient à ce rituel. À la parole qui disait **« l'un d'entre nous »**, Sandrik comprit qu'il pourrait bien s'agir de lui. Pendant plusieurs jours, cette pensée le hantait et il s'est mis à prier afin de demander à l'Être Suprême comment il pourrait s'y prendre alors que ni les Bâtisseurs ni les Grands Penseurs ne parvenaient à résoudre ce problème. À la longue, la confiance qu'il conférait au divin s'est grandement accrue.

La famille de Potok et de Malek était très unie. Environ une fois par semaine, ils faisaient un feu de camp où ils chantaient et s'amusaient grandement. Les voisins et les amis de Kravandish et de Sandrik participaient à ces soirées que tous affectionnaient. Un jour, Malek demanda à ses enfants de préparer les festivités. Kravandish et Sandrik s'en sont allés près de la grange afin d'y prendre quelques bûches et les amener près de l'endroit où ils allumaient le feu. En chemin et avec ses mains pleines, Sandrik s'écroula au sol. Kravandish déposa le bois qu'il tenait et accouru vers son frère pour lui porter secours. Sandrik dut rentrer à la maison, car il s'était écorché les genoux.

Il racontait à sa mère qu'il s'était soudainement senti comme aspiré par le sol. Une semaine plus tard, la même expérience se produisit. Sandrik tomba au même endroit et il prétendait toujours s'être senti aspiré par le sol. Cette fois, il faisait un peu la risée au sein même de sa famille. Potok lui demanda de transporter moins de bois afin d'alléger ses chutes. Kravandish lui proposa de ne prendre qu'une brindille à la place et tous les quatre se mirent à rire.

Après la soirée du feu de camp, Malek voulut en savoir plus sur ce qui s'était réellement produit. Elle ne comprenait pas pourquoi son fils lui disait se sentir attiré par le sol et elle se demandait s'il ne souffrait pas d'une maladie quelconque. Dans son for intérieur, elle craignait le pire. Par contre, en d'autres temps, Sandrik paraissait tout à fait normal. Étant dans l'incompréhension, elle a décidé d'enquêter.

Ce jour-là, Sandrik et Malek, sa mère, se rendirent près de la grange et ne prirent qu'un copeau de bois. Puis, ils marchèrent en direction du foyer. À l'endroit où il avait chuté, Sandrik lui fit remarquer que le bout de bois qu'il tenait dans ses mains pointait vers le sol en dépit de sa volonté de le retenir.

Malek n'y comprenait plus rien. Ensemble, ils ont consulté le réseau continental afin de voir s'il y avait un précédent pour ce qu'il venait de vivre. À leur grand étonnement, c'était effectivement le cas. À une époque très éloignée, certains citoyens sudistes se servaient de bout de bois afin de trouver des sources d'eau souterraine. Étant donné que les citoyens du nord-est vivaient le même problème, il était concevable que la même solution s'applique.

Si l'Être Suprême avait, jadis, résolu cette difficulté en conférant un don à ses enfants alors, une récidive devenait possible et c'était là la seule explication pour les symptômes de Sandrik. De plus, ce jeune enfant avait confié à sa mère les prières et les sentiments qu'il vouait à leur divinité.

Afin d'obtenir une confirmation, Potok décida de creuser un puits à l'endroit même où Sandrik était tombé. Tous furent grandement stupéfaits lorsqu'ils ont ainsi trouvé de l'eau potable en abondance. Par la suite, Sandrik et Potok se sont rendus chez leurs voisins et amis. Avec l'aide de son bâton, Sandrik cherchait des sources d'eau potable et Potok creusait d'autres puits.

Leur entreprise est rapidement devenue très populaire. Les représentants régionaux ont vite pris conscience de leur potentiel et les ont engagés pour remplir les réservoirs. Avec le temps, le problème d'approvisionnement en eau potable du nord-est fut ainsi résolu. Les compteurs d'eau sont demeurés sur les maisons, mais les habitants ont cessé de recevoir de lourdes factures.

C'est en agissant de façon communautaire que la justice fut rétablie dans cette région. Bien sûr, cela commença par une prière faite par un enfant et d'une rencontre personnelle avec l'Être Suprême. Dans son vidéoclip, Sandrik affirmait qu'il lui avait été donné de voir comment la foi d'un enfant pouvait surpasser la logique des Bâtisseurs et des Grands Penseurs. Pour cette raison, il se disait témoin de l'impossible.

Cette touchante histoire mit un terme définitif à toutes injustices sur Atara. Les citoyens remerciaient l'Être Suprême de leur avoir enseigné sa volonté. Plusieurs avaient même appris à l'appeler Papa. Désormais, les citoyens d'Atara croyaient en l'expérience d'Angicride. Le nombre de gens qui y participait s'était accru pour atteindre un niveau sans précédent. L'Être Suprême avait gagné la faveur des atariens.

Même au sein du Consortium, l'expérience d'Angicride était désormais reconnue comme ayant une valeur très importante. Contrairement à toutes attentes, la foi s'était effectivement avérée un complément idéal pour les lacunes de la logique des Grands Penseurs. Toutefois, les gens avaient pris conscience que les rencontres personnelles avec l'Être Suprême n'engendreraient pas toutes des phénomènes aussi spectaculaires. Les Ataiens avaient encore beaucoup à apprendre au sujet de la foi.

Le sacré

Par un beau matin, un événement sans précédent allait mettre à l'épreuve la nouvelle foi des Atariens. Taranche était le directeur du hall des récipiendaires du prix Opel. Chaque jour, avant l'ouverture au public, il inspectait les diverses œuvres d'art afin de s'assurer que tout était en ordre et il en profitait pour méditer et se ressourcer.

La plus vieille d'entre elles était celle qui représentait Grand Penseur Arislart. La sculpture du Général Carouk avait été reproduite après l'invention du miroir universel. Cette machine avait permis aux historiens de vérifier la validité de leur interprétation des événements s'étant déroulés sur Atara. Se faisant, ils avaient pris conscience que l'image que tous les citoyens avaient du Général Carouk n'était pas conforme à la réalité. En raison de l'importance que revêtent ces représentations des récipiendaires, les dirigeants d'alors avaient jugé nécessaire de remédier à cette déplorable situation en en construisant une nouvelle.

Pendant sa tournée d'inspection ce matin-là, Taranche découvrit que, pendant la nuit, celle d'Arislart avait perdu son nez et que sa main droite s'était également détachée. Taranche ignorait si ces dommages pouvaient être réparés. En dépit de ce fait, il jugea pertinent de ramasser ces pièces et de les entreposer dans son bureau. À l'extérieur, les visiteurs attendaient avec impatience. Ils ont été ravis lorsque finalement, Taranche leur ouvrit la porte. En cette journée, ce dernier accusait un peu de retard. À la vue de la sculpture brisée d'Arislart, bon nombre d'entre eux comprirent la raison de leur interminable attente. L'un des chefs-d'œuvre de ce lieu vénéré était lourdement endommagé. En cette journée, les visiteurs sont tombés sous le choc du moment.

Parmi eux se trouvait un jeune journaliste qui commençait sa carrière. Celui-ci se nommait Bouramak. Il aimait bien susciter l'intrigue chez ceux qui lisaient ses écrits et ce matin-là, il venait de trouver matière à réflexion. Son article incluait la procédure requise pour retaper un personnage gravée dans la pierre. Il avait également informé les gens que sur une œuvre de l'antiquité, de telles réparations étaient particulièrement complexes et difficiles à exécuter. Parfois, cela devenait même irréalisable.

Bouramak posait une très bonne question. Au-delà de la substance, peut-on réparer, remplacer ou perdre ce qui est sacré? La foi des gens devint un peu perturbée non pas tant par les écrits de Bouramak, mais plutôt par le fait que l'exposition du hall des récipiendaires du prix Opel était sur le déclin. Certains percevaient comme un déséquilibre de leur foi alors que d'autres peinaient ce qui est irremplaçable. Taranche avait demandé un budget additionnel afin d'apporter une solution à ce problème et il était en attente de la réponse du gouvernement.

Quelques sculpteurs, souhaitant lui venir en aide, se sont présentés au hall des récipiendaires du prix Opel pour voir, par eux-mêmes, toute l'étendue des dommages. Avec les nombreux siècles qui s'étaient écoulés depuis sa fabrication, la pierre s'était fragilisée au point où aucune réparation n'était envisageable. La représentation de Grand Penseur Arislart devait donc être remplacée ce qui causait un problème d'éthique considérable.

Par l'entremise de son représentant régional, Taranche avait informé Présidente Liliole de la tournure des événements dans cette affaire. Un important débat allait ainsi se tenir dans la Cambre des élus. Ceux-ci exprimaient des opinions si divergentes que Présidente Liliole ne put se fier à eux pour fonder sa décision.

Il en était également de même au sein de la population. Certains citoyens éprouvaient un malaise à l'idée de remplacer cette antiquité brisée. D'autres personnes ressentaient des émotions similaires à l'idée de la conserver ainsi. Certains lui disaient « Oui, remplacez là, car c'est une œuvre sacrée » et d'autres « Non, conservez là, car c'est une œuvre sacrée »!

Présidente Liliole devait pourtant décider d'allouer ou non le budget supplémentaire que requérait Bouramak. Elle fit preuve d'une grande sagesse et proposa d'inviter Grand Maître Angicride à venir à la Chambre des représentants pour leur prodiguer ses précieux conseils dans cette affaire. Tous les représentants ont approuvé cette démarche. Même au sein de la population, l'idée de recourir à Gand Maître Angicride était bien accueillie.

Celle-ci accepta l'invitation toutefois, elle souhaitait prendre un mois pour réfléchir à ce qui serait convenable de leur dire. Sa requête fit naître des sentiments d'anticipation au sein de tous ceux qui étaient concernés. Les représentants, tout comme les citoyens, ont refusé d'agir d'une quelconque façon ou de prendre une décision prématurée tant qu'Angicride n'aurait pas émis ses recommandations.

En raison de sa grande sagesse et de toute l'importance des œuvres se trouvant dans le hall des récipiendaires du prix Opel, tous la percevaient comme la personne idéale pour définir ce qui est convenable dans un tel contexte.

Angicride comprenait le dilemme qui affligeait les représentants régionaux. Pendant le mois d'attente, ses prières et ses réflexions lui ont permis de se forger une opinion empreinte d'une étonnante sagesse. À la date prévue, Grand Maître Angicride se rendit au Congrès des Représentants. Puis, elle roula jusqu'au centre de la chambre où tous les membres du gouvernement l'on applaudit telle une héroïne.

Cet événement était diffusé sur le réseau continental. Les gens la regardaient et tous souhaitaient ardemment entendre les paroles de sagesses qu'elle prononcerait. Certains avaient même l'impression très agréable d'entendre la voix de l'Être Suprême au travers elle. Grand Maître Angicride prit les feuilles sur lesquelles elle avait écrit son discours et elle demanda le silence.

« Je souhaiterais remercier Présidente Liliole ainsi que les représentants régionaux de m'offrir l'opportunité de me joindre à vous. La difficulté que nous devons affronter provient du fait que la statue endommagée soit sacrée. Un tel caractère engendre nécessairement des difficultés pour prendre des décisions.

Mes prières et mes réflexions m'ont donc amené à m'interroger sur ce qui peut réellement revêtir un prestige aussi imposant. Ce qui compte le plus pour l'Être Suprême durera à tout jamais. Nous allons tous vivre quand bien même nous serions morts. L'impérissable de nos vies fait en sorte que la pérennité peut être imputé à nos personnes. Toutefois, en parlant de la matière, les scientifiques disent que rien ne se crée et rien ne se perd. Tout est en constante transformation et absolument rien de ce que nous percevons ne durera toujours. Le caractère éternel ne peut donc pas être imputé à autre chose qu'à nous-mêmes. Seuls les enfants de Papa ont une telle importance.

Il est donc essentiel de discerner le véritable sacré, c'est-à-dire celui qui provient de l'Être Suprême, de celui qui tire plutôt ses origines des Atariens. Dans ce cas, il s'agit de reliques, de lieux précis ou d'objets comme les représentations des récipiendaires du prix Opel.

Ceux-ci ne sont pas démunis d'importance aux yeux de l'Être Suprême car ils comptent beaucoup pour ses enfants. Si la vie et les œuvres de Grand Penseur Arislart sont sacrées, sa représentation ne peut pas être éternelle par conséquent, il est de mon opinion que sa statue doit être remplacée.

Permettez à Papa de poursuivre son œuvre créatrice et remerciez-le de vous donner cette opportunité d'y prendre part, de participer activement à sa mission. C'est ce qui fait de nous ses enfants.»

Après son discours, Gand Maître Angicride s'en retourna chez elle au siège social de l'IRES. Les représentants prirent quelques minutes pour réfléchir puis, Présidente Liliole leur demanda de voter afin de décider s'ils devaient allouer le budget supplémentaire que requérait Taranche ou non. Cette fois, leur décision fut unanime et favorable au remplacement de la sculpture de Grand Penseur Arislart.

Au sein de la population, la majorité était satisfaite du dénouement dans cette affaire. Seules quelques personnes ressentaient toujours un malaise à l'idée de remplacer un objet sacré. Même si Taranche faisait lui-même partie de ce groupe, il n'avait aucun autre choix que d'engager un artiste pour produire une nouvelle statue.

Pour cette raison, il choisit le meilleur d'entre eux et celui-ci forgea dans la pierre une réplique parfaite de l'œuvre originale. Lorsque Taranche la vit installée dans le hall des récipiendaires du prix Opel, la paix est revenue dans son cœur. Depuis ce jour, il partage l'opinion d'Angicride.

Il en fut ainsi pour tous les récalcitrants. Pour eux tous, c'était comme si l'Être Suprême en personne avait déposé au plus profond d'eux-mêmes ce dont leur âme avait besoin pour retrouver leur sérénité. Certains disaient qu'il s'agissait là d'un véritable miracle et d'autres se contentaient de remercier Papa pour la belle relation qu'ils entretenaient avec lui.

Tous avaient appris que les voies de l'Être Suprême ne sont pas toujours faciles à emprunter. Parfois même, ces chemins sont comme de longs sentiers raboteux et troués qui requièrent une gymnastique pour les traverser, mais qui mènent toujours à un château d'une splendeur incommensurable.

La dernière épreuve

Afin de raffermir la nouvelle foi des Atariens, l'Être Suprême devait leur faire vivre une dernière épreuve. Cela débuta d'une manière plus que banale. Deux amis d'enfance s'étaient, jadis, perdus de vue. Il ne s'était pas parlé depuis de nombreuses années. Voilà qu'après leur journée de travail c'est par le plus grand des hasards qu'ils ont pris le même autobus et se sont reconnus. Chacun s'informa sur l'autre et ils ont décidé d'aller souper ensemble dans un restaurant non loin de là.

Pendant ce repas, ils ont entamé une conversation sur les récents événements qui se sont déroulés sur Atara. Tous deux trouvaient Grand Maître Angicride très inspirante et ils étaient favorables à sa nomination au prix Opel. En accord avec le Consortium, nos deux amis considéraient l'expérience d'Angicride comme ayant une valeur comparable à la logique pure et dure des Grands Penseurs. Ils regrettaient la disparition de la civilisation HBU81455679. À leurs yeux, l'attitude des gens de ce monde ne reflétait aucunement la volonté de l'Être Suprême.

Ils ne se sont malheureusement pas entendus en ce qui concerne ce qui conviendrait de faire avec les habitants de la terre. Ceux-ci étant toujours vivants, l'un d'eux considérait qu'il était de leur devoir d'aider ses confrères, quand bien même ceux-ci seraient humains. L'autre ami percevait plutôt un risque significatif en adoptant une telle résolution. Il considérait possible que ce soit les habitants de la Terre qui causent la perte de la civilisation Atarienne. Le premier argumentait en affirmant que nous sommes tous des enfants de l'Être Suprême. L'autre croyait que Papa avait mis une vaste distance entre eux afin de les empêcher d'intervenir sur un monde autre que le leur soit Atara.

Ce désaccord fit en sorte que nos deux amis ont élevé le ton. Puis ils se sont lancé mutuellement des injures et des insultes et ils ont fini par recourir au combat physique. Les employés du restaurant sont rapidement devenus complètement démunis devant ce que tous percevaient comme une aberration des plus odieuses. Ils n'ont eu d'autres choix que de faire appel aux services de police afin de freiner leur ardeur destructrice. Nos deux amis ont été mis en état d'arrestation et ont été inculpés de perturbations de la paix publique.

Personne ne le savait, mais à la table juste à côté d'eux se trouvait un jeune journaliste en quête de sensation forte. À l'insu de tous, Bouramak avait enregistré la conversation des deux amis. Son niveau de satisfaction atteignit son apogée, car il venait tout juste de trouver ce qu'il cherchait avidement. Désormais, il possédait tout ce dont il avait besoin pour semer la pagaille dans les idées bien établies de tous les citoyens de la planète Atara. Il rédigea un article intitulé « **Le combat des idées** ».

Dans son texte, Bouramak décrivait les événements s'étant déroulés lors de son repas. La presque totalité des gens était d'avis que se battre dans un restaurant n'est certes pas légal. Toutefois, après avoir décrit les points de vue de nos deux amis, Bouramak posait une question très troublante; à qui donneriez-vous raison?

Au fil des jours qui ont suivi la publication de son article, les atariens se sont également posé cette question. Partout sur le continent, des discussions d'ordre philosophique au sujet des actions convenables à prendre avec les humains étaient entendues. Malheureusement, aucun consensus ne put être établi. Beaucoup d'émotions mixtes étaient ressenties par les citoyens en raison de cette profonde controverse.

Ces débats philosophiques se sont rendus jusqu'au sein de la Chambre des élus. Bien que les représentants régionaux eussent entamé des discussions, nul n'arrivait à s'entendre et chacun avait sa propre opinion. Personne ne savait quoi faire ni comment s'y prendre pour intervenir auprès des citoyens terrestres et certains exprimaient des réserves sur la pertinence d'un tel geste. Présidente Liliole usa de son autorité et elle demanda l'avis des membres des établissements continentaux.

Que faire avec la Terre?

Au Consortium, les Grands Penseurs s'avouaient peu favorables à l'idée de rencontrer les humains. Leur logique pure et dure était fondée sur l'histoire de Zetra. Jadis, les citoyens d'Atara ont inventé des bateaux pouvant faire le tour de leur planète mère. Fort de cet outil de travail, l'Institut d'Exploration Planétaire s'est lancé à la recherche d'une civilisation vivant hors du continent. C'est ainsi que l'île de la montagne de feu fut découverte. La foi des autochtones était inflexible et constituait les règles de vie en ce lieu. Les Grands Penseurs y voyaient là un parallèle avec les habitants de la terre.

Ce lieu fut malheureusement détruit par une éruption volcanique et tous ses citoyens ont péri à l'exception de Zetra. Cette femme fut ramenée sur le continent afin de mieux soigner ses blessures et ses brûlures. Avec le temps, elle finit par s'adapter au mode de vie que tous connaissaient. Elle en est même venue à admettre comme véridique la philosophie qui propose le choix de la paix, la pratique de l'humilité et l'éradication de la pollution de la pensée. Toutefois, à ce jour, Zetra demeure la seule personne à avoir porté un jugement d'immigrée sur les gens du continent.

Dans son très populaire livre intitulé « **Le jugement d'une aborigène** », elle décrit les relations entre les gens de l'endroit qui l'a vu naître et leurs visiteurs venus d'ailleurs. Selon son opinion, et en raison de la trop grande rigidité de la pensée des habitants de l'île, aucun lien d'amitié ne pouvait se créer. La seule avenue possible était la guerre. Toutefois, elle avait également émis un avertissement très sévère auprès des citoyens du continent. Leur attitude envers les indigènes ne reflétait aucunement la belle philosophie qui régnait dans leur milieu de vie. Pour les Grands Penseurs, toute intervention auprès des habitants de la Terre serait comme une récidive de cette histoire des plus déplorables à s'être déroulée sur Atara. Les membres du Consortium souhaitent éviter cela à tout prix. À leurs yeux, une intervention quelconque était peu envisageable.

En même temps, tous les Grands Penseurs reconnaissaient que l'expérience d'Angicride avait grandement gagné en importance. Même si celle-ci n'était pas admissible de manière strictement scientifique, ses remarquables résultats permettaient de lui accorder beaucoup de valeur. Des gens, non qualifiés, avaient permis de découvrir un quatrième type de cellules ainsi qu'un remède efficace contre le cancer.

D'autres avaient acquis une habileté inusitée grâce à laquelle ils avaient résolu le problème d'approvisionnement en eau potable du nord-est. Ni le Consortium ni l'Institut d'Exploration Planétaire n'auraient osé ou même pensé agir ainsi. Dans tous les domaines de la science, les chercheurs croyaient désormais que la foi surpasse la logique lorsqu'elle permet à un individu de réaliser ce qui est inconcevable pour un autre. Le Consortium demeurait ouvert à l'idée d'intervenir auprès des gens de la Terre si un tel geste était fondé sur cette expérience.

Au sein de l'IRES, cette même question avait également été posée. Que faire avec les citoyens de la Terre? Grand Maître Angicride avait réuni quelques Prêcheurs afin d'en débattre et de forger leur opinion officielle. Ils avaient également étudié l'histoire de Zetra pour en conclure qu'elle se devait d'être dans l'erreur. Selon ses propres affirmations, aucun lien d'amitié ne pouvait être généré entre les indigènes et les citoyens du continent. Pourtant, Zetra, elle-même, est devenue très bien perçue et aimée de tous durant son vécu en dehors de son lieu de naissance. Son opinion d'alors revêt même une importance primordiale aujourd'hui.

Elle leur a enseigné qu'une décision d'intervenir ou non doit être fondée sur la pratique de l'humilité, le choix de la paix et l'éradication de la pollution de la pensée. En aucun cas, imposer les croyances, les valeurs ou la culture auxquelles les citoyens d'Atara sont habitués ne constituerait une solution envisageable pour l'IRES. Quant à briser la rigidité des croyances des habitants de la terre, le seul véritable moyen serait qu'ils participent à l'expérience d'Angicride.

Bien qu'ils soient tous aussi les enfants de l'Être Suprême que les Atariens, nul ne voyait comment leur faire cette proposition sans les rencontrer. Ce qui présentait des risques considérables. Pour cette raison, l'Institut de Relation avec l'Être Suprême était peu enclin à approuver un tel geste. Toutefois, les prêcheurs se disaient disposés à reconsidérer leur position si une solution pouvait être trouvée.

Les psychologues, les biologistes et les philosophes de la Bibliothèque des Espèces ont également entretenu de nombreux débats en ce qui concerne les humains. Pour eux, l'établissement de relations entre deux espèces distinctes présentait des inconvénients majeurs.

Il justifiait leur opinion par l'impact des divergences culturelles et des différentes valeurs. Selon la Bibliothèque des Espèces, c'est ce qui est en commun ou partager qui unit les peuples et qui permet des échanges dont tous bénéficient. Par contre, des différences trop importantes causeront des oppositions.

Sur la Terre, il est possible de percevoir plusieurs cultures distinctes, ce qui cause de nombreux conflits. Un face à face avec les citoyens d'Atara ne ferait qu'ajouter à leur misère et l'objectif d'améliorer leur situation ne pourrait jamais être atteint dans ce contexte. Les biologistes, les philosophes et les psychologues se sont alors demandé comment ils pourraient influencer le développement des multiples cultures de ce monde. Curieusement, ce n'est pas la sagesse, mais plutôt la folie des humains qui leur a permis d'émettre une hypothèse intéressante. Sur Atara, il existe un phénomène dont l'ampleur est moins importante que sur la Terre. Si vous lisez une histoire inventée, vous allez ressentir des émotions qui dépendent de ce qui est raconté.

C'est que le cerveau fait très mal la distinction entre ce qui est réel et ce qui est fictif. Cela est également vrai pour les humains. Contrairement aux atariens, cet état a fait naître chez eux des industries telles que celle du livre, du cinéma, de la télévision et du spectacle. Les gens adhèrent ou participent tout simplement en raison des émotions qu'ils en retirent. Utiliser leur propre moyen de communication empêcherait les inconvénients d'un contact direct.

La position officielle de la Bibliothèque des Espèces était peu favorable à toutes interventions auprès des gens de la Terre. Bien que ses membres reconnussent volontiers un moyen d'intervenir, la plupart n'y voyaient ni la pertinence ni la nature du message à leur faire connaître.

Les bâtisseurs de l'Institut d'Exploration Planétaire avaient également étudié la question qui fascinait tout le peuple. Pour eux, la manière d'intervenir s'est avérée une interrogation bien plus importante que la pertinence d'une telle action. C'est qu'ils avaient la charge d'exécuter toute décision et, de jour en jour, la complexité des propositions semblait gagner en importance.

À leurs yeux, certaines d'entre elles étaient même devenues tellement développées qu'elles étaient maintenant impossibles à réaliser. À la longue, ils étaient de moins en moins favorables à toute intercession après des humains.

Viermous était reconnu en tant qu'expert en ce qui concerne les humains. Pour cette raison, Présidente Liliole lui avait également demandé son opinion. Selon Viermous, l'établissement d'un plan d'intervention constituait un travail très complexe et particulièrement ardu, et ce, pour de nombreuses raisons. Les difficultés à surmonter paraissent plutôt comme des impasses qui requièrent une action aussi inusitée que l'expérience d'Angicride aux yeux des athées.

Sur Terre, la pollution de la pensée règne en maître quasi absolu. Il y existe plusieurs ensembles de croyances différentes qui sont toutes accompagnées de leurs propres cultes et rituelles et de leur doctrine. Dans le domaine religieux, il n'y a aucune unanimité. Ceux qui adhèrent à une religion pensent que les autres sont bien plus que dans l'erreur, ils sont infidèles.

Dans tous les cas, la dévotion absolue est requise ce qui exclut tout compromis ou reconsidération de ses propres croyances. Comment amener les humains à penser que l'Être Suprême donne à chacun selon sa convenance et qu'aucune relation n'est plus digne qu'une autre? Personne ne peut être plus un fils ou une fille que son frère ou sa sœur.

De plus, sur la Terre le nombre d'athées ne cesse de s'accroître de génération en génération. Certains individus sont beaucoup plus concernés par les difficultés du quotidien que par la pratique de rituels ou leur conformité à un culte qui, au bout du compte, ne semblent pas leur apporter quoi que ce soit. D'autres éprouvent même un dégoût envers la spiritualité en raison des trop nombreux conflits religieux de toutes sortes. Comment inciter de telles personnes à demander une rencontre avec l'Être Suprême ou à participer à l'expérience d'Angicride?

Les recherches de Viermous ne semblaient pas se diriger vers le succès désiré. La résistance des humains envers les atariens promettait d'être très considérable. Cependant, l'impossible n'est qu'une question de probabilité.

En réalité, parmi les athées, il existe des gens qui souhaiteraient croire en Papa, mais qui ne savent pas comment s'y prendre pour y arriver. Ces gens entendent des paroles telles que « les mystères de la foi sont impénétrables » ou encore « faites la guerre sainte ». Il n'est pas étonnant qu'ils se sentent abandonnés par les leurs et par Dieu ou qu'ils éprouvent des malaises devant les propositions auxquelles ils se heurtent. Ces gens participeraient-ils à l'expérience d'Angicride? Même si c'était le cas, est-ce que cela serait suffisant pour permettre d'éviter l'autodestruction de la Terre?

Les enquêtes de Viermous lui avaient manifestement fait découvrir que la plupart des humains avaient accès à ce qu'ils appellent l'internet. C'est l'équivalent du réseau continental sur Atara. Pour cette raison, il leur serait, tout au moins, possible de faire la promotion de leur rencontre personnelle avec Dieu. Cette partie de l'expérience de Grand Maître Angicride pourrait aisément être applicable par les humains. Cette découverte constituait la première bonne nouvelle pour Viermous.

Ce que l'expérience d'Angicride propose est fort simple, demandez une rencontre personnelle avec l'Être Suprême puis refusez de croire tant et aussi longtemps qu'il n'aura pas fait de vous un témoin de l'impossible. Laisser Dieu briser vos chaînes. Ne permettez à personne d'en remettre d'autre quand bien même ils posséderaient soit la vérité des Écritures saintes d'un prophète quelconque soit de très jolis cultes et rituels imposés à tous. En raison de l'importante soif de vérité et de spiritualité que les citoyens de la Terre ressentent, Viermous était d'avis qu'ils avaient besoin de vivre une telle expérience.

Présidente Liliole et Roi Tranasium ont également eu de nombreuses discussions en ce qui concerne les habitants de la terre. Ils connaissaient les propos que les citoyens tenaient ainsi que l'opinion de tous les établissements à statut continental. Devant autant d'énoncés et de désirs distincts et différents, aucun d'eux ne savait comment réagir. À leur plus grand regret, l'idée d'offrir l'aide des atariens aux humains semblait de moins en moins probable. Soudain, contre toutes attentes, une nouvelle des plus bouleversantes allait troubler la population d'Atara. En plein cours, Grand Penseur Viermous s'était évanoui.

Heureusement, ses élèves, en état de choc, avaient quand même alerté les autorités et avaient fait venir l'ambulance. Les premiers répondants ne comprenaient pas ce qui se passait et, pour cette raison, ils ont d'urgence reconduit Viermous à l'hôpital le plus proche.

Viermous dans le coma

Les médecins effectuèrent de nombreux tests afin de comprendre ce qui ne fonctionnait pas dans le corps de Viermous. Celui-ci n'était pas diabétique, il n'avait pas fait de crise cardiaque, il ne souffrait pas de tumeur au cerveau non plus. En faites, Viermous leur paraissait même en pleine forme si ce n'était pas du fait qu'il était inconscient. Nul ne pouvait déterminer la cause exacte de son état.

Une enquête de la part d'une équipe de médecins suivit. Ils sont allés chez lui afin de voir s'ils n'y trouveraient pas de substances illicites pouvant expliquer sa maladie. Puis, ils sont revenus bredouilles. Par la suite, ils se sont rendus à l'école des Grands Penseurs où ils ont interrogé des élèves et des confrères. En ce lieu, ils ont appris que Viermous était songeur depuis quelque temps. Ce dernier avait participé à l'expérience d'Angicride mais personne ne savait ce qu'il avait demandé à l'Être Suprême.

Bien sûr, les médecins enquêteurs n'y voyaient là rien de vraiment exceptionnel. Un Grand Penseur qui a l'air songeur n'est pas une raison de s'évanouir et ne représente absolument rien d'étonnant. Un individu qui participe à l'expérience d'Angicride est tout à fait normal et ne constitue pas un danger pour lui-même ou pour le public. À leur grande déception, ils sont encore une fois revenus bredouilles.

Comme bien d'autres gens, Angicride eut vent de ce qui arrivait à son ami de longue date. Dans un élan de compassion, elle se rendit au centre hospitalier pour en apprendre davantage sur la situation.

Angicride était certes peiné par le mal qui frappait Viermous toutefois, fidèle à ces habitudes, elle avait fait le choix d'accueillir tout ce qui se présente à elle. Les médecins traitants lui avaient avoué leur incapacité à poser un diagnostic précis. À leurs yeux, Viermous dormait! Ils ne savaient pas comment le soigner. Plusieurs d'entre eux songeaient à faire appel à des gens qui avaient le don de guérison. Malheureusement, aucun n'était disponible.

Grand Maître Angicride possédait les ressources qui manquaient au médecin. Elle fit usage de son téléphone cellulaire et demanda à prêcheur Cralink de lui venir en aide. Deux heures plus tard, celui-ci arriva à l'hôpital où il rejoignit Angicride. Celle-ci lui demanda d'imposer ses mains à Viermous afin de lui apporter la guérison dont il avait besoin.

Après ce geste, Viermous revint à lui et il en étonna plusieurs avec la toute première phrase qu'il a dite.

« AH! Quel beau moment! »

Viermous se confit à Angicride

Viermous ne manqua pas de remarquer Prêcheur Cralink qui se tenait debout à ses côtés. Angicride roula de l'autre côté du lit où Viermous était étendu et elle le salua en lui demandant comment il se sentait. C'est à ce moment que Viermous révéla ce qu'il venait de vivre. En cet instant, il croyait qu'il avait expérimenté une rencontre personnelle avec l'Être Suprême.

Il y a quelque temps de cela, Viermous avait choisi de participer à l'expérience qu'avait proposée son amie de longue date. Dans son for intérieur, il se demandait quoi faire avec les habitants de la terre et il avait confié ses tourments à Papa. Par la suite, il avait cessé d'étudier la civilisation humaine jusqu'à ce que l'Être Suprême réponde à sa prière.

En raison du protocole des explorateurs, il ne lui était pas permis d'établir un contact sans l'autorisation explicite de tous les directeurs des établissements continentaux, de Présidente Liliole et du Roi Tranasium. Puisque nul ne savait comment agir et qu'à ses propres yeux intervenir auprès des humains constituait presque une impossibilité, Viermous s'était donc tourné vers Papa.

Puis un jour, il réalisa qu'en réalité, il s'agissait là des affaires de l'Être Suprême et non des siennes. Ce constat eut l'effet de renforcer son désir de recevoir des instructions de sa part. Il souhaitait vivement que l'Être Suprême lui montre les actions qui convenaient de prendre à l'endroit des humains sans quoi, il ne devait pas intervenir. Après plusieurs mois d'attente, qui lui ont paru interminables, Viermous sombra dans un coma qui dura une semaine. Pour lui, c'était comme si sa conscience avait été séparée de son corps. Malgré le côté exceptionnel et spectaculaire de son histoire, Viermous était tout à fait à l'aise. Soudain, il s'est retrouvé dans un lieu des plus inusités.

Tout était d'une blancheur étincelante, c'était comme s'il baignait dans la lumière. Contre toute attente et droit devant lui est apparu un individu mal vêtu et dépeigné. Celui-ci le salua en lui disant «**Viermous, soit en paix**». C'est à cet instant que Viermous éprouva toute une gamme d'émotions toutes plus paisibles les unes que les autres. Rapidement, il comprit que l'individu devant lui disposait d'une autorité sur toutes choses et que celle-ci était d'une puissance phénoménale, presque divine. Malgré cela, il utilisait son pouvoir pour favoriser la paix et la liberté et non pour dominer.

Puis cet individu lui fit savoir qu'il était envoyé par l'Être Suprême afin de lui montrer ce qui convient de faire avec les gens de la Terre. Viermous ne fut aucunement surpris et il remercia son interlocuteur.

En un tour de main, Viermous ainsi que l'individu mal vêtu et complètement dépeigné se sont retrouvés sur Terre et aucun humain ne pouvait déceler leur présence. Il s'agissait d'une véritable vision. Sur ce monde, il y avait une épidémie à l'échelle planétaire. Un médecin humain spécialisé dans de telles circonstances fut appelé à se rendre dans une région où la maladie sévissait grandement. Cet endroit était très pauvre, les routes étaient en gravier plutôt qu'en asphalte, les véhicules étaient très vieux et lourdement endommagés. Ceux-ci arboraient des traces de combats armées, mais aucune bataille ne se déroulait. À la place, des centaines d'individus étaient positionnés ici et là et tous semblaient attendre quelques choses. Quelques-uns jasaient entre eux, d'autres s'échangeaient des feuilles de papier.

Puis, le médecin perçut momentanément un éclat de lumière qui ressemblait au flash d'un appareil photo. Il ne put en déterminer la source. Personne ne l'avait photographié et il n'y avait pas eu d'éclairs ni d'explosions.

Après cela, les mêmes véhicules, les mêmes routes et le même paysage se présentaient à ses yeux, mais il ne percevait plus personne. Le spécialiste poursuivit tout de même sa route à pied tout en s'interrogeant sur le mystère qu'il venait tout juste de vivre.

En passant devant le rétroviseur d'un véhicule, il vit, dans son reflet, qu'il se transformait en singe. C'est à ce moment qu'il comprit qu'il était lui aussi victime de l'épidémie. Ce n'est que par la suite que le médecin put observer tous les autres singes qui discutaient paisiblement entre eux ou s'échangeaient de la monnaie.

Il vit également une femme humaine effrayée se tenant au côté d'un véhicule de la police. Elle demandait aux agents de la paix de regarder certains individus qui adoptaient des comportements de singes tout en les pointant du doigt. Elle leur fit remarquer qu'ils étaient en pleine transformation et elle souhaitait obtenir leur protection afin d'éviter d'être infligée par ce fléau. Les policiers ne savaient pas quoi faire devant une pareille situation. Les singes n'enfreignaient aucune loi et ne perturbaient pas la paix publique non plus, ils la rehaussaient plutôt.

Après cela, ils se sont tous les deux retrouvés dans le bain de lumière où l'individu mal vêtu et dépeigné fit comprendre à Viermous qu'ils devaient se quitter. « **Grand Maître Angicride ainsi que Prêcheur Cralink t'attendent impatiemment** ». À son réveil, Viermous avait perçu ces deux individus et pour lui, cela légitimait sa rencontre avec le Divin.

Grand Maître Angicride était très heureuse pour son ami de longue date. Elle l'encouragea vivement à prendre tout le temps nécessaire pour méditer sur ce qu'il venait de vivre. Elle lui avait même offert son aide s'il en ressentait le besoin. Viermous la remercia, mais il lui fit savoir qu'il devait d'abord reprendre des forces et recouvrer sa santé. Les infirmiers et les médecins sont entrés dans la chambre et ont avisé Grand Maître Angicride et Prêcheur Cralink que l'heure des visites était maintenant terminée. Ceux-ci s'en sont allés dans la joie, car Viermous était redevenu lui-même.

Grand Penseur Viermous médita longuement sur la signification de la vision qu'il avait eue. Son interprétation allait grandement toucher le cœur d'Angicride lorsqu'il lui en parla. Toute rencontre personnelle avec l'Être Suprême change profondément celui ou celle qui vit une telle expérience. C'est ce qu'il voyait lorsque les humains se transformaient en singes. Il est évident que cette vision n'était que symbolique bien sûr. Cependant, elle montre très clairement toute l'ampleur et l'importance de ces métamorphoses.

L'éclat momentané de lumière représente l'instant même où le Divin et l'humain se côtoient pour la première fois. Dans la vision de Viermous, c'est ce qui est à l'origine de la transformation qu'un grand nombre d'humains subissaient. Il ne s'agit de rien de moins que la cause de ces altérations.

Lors de l'arrivée du médecin humain dans la zone où l'épidémie sévissait, celui-ci avait vu la pauvreté des gens ainsi que leur misère. Même le paysage arborait des traces d'une guerre passées. Des perturbations de la paix publique sont effectivement un indice comme quoi certains citoyens font leur volonté plutôt que celle de l'Être Suprême. Viermous percevait ainsi la nécessité pour les humains de vivre une rencontre personnelle avec le Divin.

Sur Atara ce même besoin n'avait été discerné par nul autre que Grand Maître Angicride en personne. À ses yeux, les problèmes de délinquance juvénile des plages du Sud ainsi que ceux de l'approvisionnement en eau potable du nord-est, sans parler du cancer qui représentait un sérieux problème de santé publique, constituaient de tels signes. La différence principale, entre les atariens et les humains, était au niveau de l'ampleur de la nécessité. Toutefois, aux yeux de celui qui est tout puissant, rien de cela n'était au-delà de ses capacités.

Le moyen privilégié par l'Être Suprême pour pallier ces difficultés s'apparente à une épidémie. Tout comme une souche virale peut infecter un grand nombre de personnes, le gestionnaire du hasard peut très aisément faire en sorte qu'un même événement favorise plusieurs individus. L'un d'eux vit une rencontre avec le Divin et le bien qu'elle génère chez les autres, les incite à participer à l'expérience d'Angicride. Ce phénomène peut même être observé sur Atara.

La rencontre personnelle d'Angicride a aidé ses parents puis pasteur Rakachi pour finir par toute la population d'Atara et peut être même les habitants de la terre. Celle du jeune Sandrik a fini par résoudre les difficultés d'approvisionnement en eau potable au nord-est en plus de mettre un terme à une injustice flagrante que subissaient les citoyens de cette région. Que dire au sujet de Ramzim alias Armos, il fut, dans un premier temps, un rejet de la société toutefois, c'est grâce à lui qu'une centaine d'adolescents rebelles furent graciés et que le taux de criminalité s'est atrophié. Il est celui qui a rétabli la paix dans la région des plages du sud. Depuis, il utilise son talent inouï pour enjoliver la zone neutre en peignant les vestiges du lourd passé de la société Atarienne. La présence du divin dans la vie de Skristash lui fit découvrir une procédure qui lui permit de redonner la santé à Polirsh, sa mère.

Grâce à son geste, le plus important problème de santé publique est maintenant résolu et même les scientifiques ont découvert une nouvelle forme de vie.

D'autres réactions de la part des humains sont également probables. De tels changements engendrent de la peur chez certains individus. C'est ce qu'il voyait avec la femme humaine qui demandait l'aide des policiers.

Ceux-ci ne pouvaient rien faire tout simplement parce qu'aucune loi n'était enfreinte. La paix publique était même rehaussée au point où aucune bataille n'avait lieu dans cette zone de guerres. L'attitude de la femme mettait le plan de l'Être Suprême en évidence ce qui pouvait inciter d'autres individus à participer.

Viermous proposait de limiter leur intervention auprès des humains à l'enseignement de la culture Atarienne en utilisant leurs propres moyens de communication. Ce processus présentait l'avantage de ne poser aucun risque pour aucune des deux sociétés. De plus, Viermous avouait qu'en intervenant de la sorte, il pourrait ainsi obtenir une confirmation de sa rencontre personnelle et laisser toute la place à la bonté et à l'infinie sagesse de l'Être Suprême.

Il disait également que ses réflexions lui avaient permis de concevoir une méthode d'intervention qui pourrait apporter l'aide dont les humains ont besoin tout en minimisant les risques pour les Atariens. Dans une certaine mesure, l'Être Suprême lui avait même révélé ses intentions devant les citoyens de la Terre. Viermous souhaitait qu'Angicride convoque tous les chercheurs à un nouveau colloque afin d'étudier sa proposition.

Le choix des Atariens

Grand Maître Angicride prit le temps d'étudier les recommandations de Viermous. Elle en parla même avec certains prêcheurs qui lui servaient de conseiller. Ceux-ci ont discerné la meilleure manière d'intervenir auprès des gens de la Terre et ils lui recommandèrent d'approuver la proposition de Viermous.

Par la suite, Angicride fit parvenir à Présidente Liliole, au Roi Tranasium, à Paralym directeur général du Consortium, à Gallus directeur Général de la Bibliothèque des Espèces ainsi qu'à Sierrum directeur général de l'Institut d'Exploration Planétaire un rapport écrit qu'avait rédigé Viermous aux fins d'étude. Un mois plus tard, tous étaient convoqués à une réunion qui devait se tenir au siège social de l'IRES.

Lors de cette réunion, Viermous fit une courte présentation de son projet puis il répondit à plusieurs questions que les dirigeants avaient à lui poser. Tous ceux qui se trouvaient dans la salle de conférence ont pris plusieurs heures pour en discuter.

Devaient-ils suivre la logique pure et dure dont le bien-fondé de leur opinion était partagé par tous ou faire acte de foi en sachant que l'expérience d'Angicride fait preuve d'une sagesse qui surpasse l'entendement?

C'est finalement le roi Tranasium qui fut le premier à révéler son choix. Il confirmait son approbation pour le projet de Viermous. Tous les directeurs des institutions continentales ont suivi et, un à un, ils ont également donné leur accord.

Il ne restait plus que présidente Liliole et celle-ci tardait à s'exprimer. Après avoir entendu les arguments de tous ceux qui étaient présents, elle confia que jamais un projet aussi bien réfléchi que prié ne lui avait été présenté avant ce jour. C'est sans la moindre hésitation qu'elle aussi vota favorablement. Elle confia la tâche d'aider les humains à Viermous tout en lui imposant les limites qui convenaient à tous.

Nul autre que le véritable gestionnaire du hasard ne peut prédire ce qu'il adviendra des habitants de la terre. Le choix de la paix, la pratique de l'humilité et l'éradication de la pollution de la pensée permettraient de faire ressortir l'humanité des humains.

Leurs rencontres avec le Divin pourraient les mener sur des chemins même bien au-delà de celui des Atariens et finalement, la théorie de l'intelligence naturelle fera d'eux des témoins de l'impossible quand bien même ils ne le souhaiteraient pas.

Fin

Suivre L'intelligence naturelle

 trilogie.intelligence.naturelle

 @trilogieIN

L'intelligence naturelle est une trilogie visant à faire la promotion du respect de la nature humaine, à faire connaître le développement de la pensée rationnelle ainsi que celui de la foi. Ce manuscrit est le deuxième tome. Le premier s'intitule L'intelligence naturelle : L'évolution. Il est disponible sur le site de la société des écrivains.

Société des écrivains

Remerciements

Je tiens à souligner les efforts de ceux et celles qui m'ont aidé dans l'élaboration de ce texte.

Gisèle Poirier
Richard Pruneau
Guylaine Bédard
Claire Fournierd
Gemma Bédard

Table des matières

Notes

www.ingramcontent.com/pod-product-compliance
Lightning Source LLC
Chambersburg PA
CBHW051339020726
47501CB00007B/2163